임신 캘린더

임신 캘린더

妊娠カレンダー

오가와 요코 소설집

김난주 옮김

현대문학

차례

임신 캘린더 · 7

기숙사 · 77

해 질 녘의 급식실과 비 내리는 수영장 · 151

작가의 말 양파와 고양이 · 193

해설 순순함의 향방 · 196

옮긴이의 말 기다림의 또 다른 끝 · 204

임신 캘린더

　그런데 과연 언니와 형부 사이에 아이가 태어난다는 것이 축하할 일일까? 나는 사전을 들춰 '축하'란 단어를 찾아보았다. '남의 경사에 기쁘고 즐겁다는 뜻으로 인사함. 또는 그 인사'라고 나와 있었다.
　"그 사체에는 아무런 의미도 없네."
　나는 혼자 그렇게 중얼거리고, 조금도 기쁘고 즐거운 분위기가 아닌 글귀를 손가락으로 더듬었다.

「妊娠カレンダー」《문학계》1990년 9월호

12월 29일 월요일

언니가 M 병원에 갔다.

그녀는 니카이도 선생님의 병원 말고는 간 적이 없어서 집을 나서기 전에 몹시 불안해했다.

"어떤 옷을 입고 가면 될지 모르겠네."

"처음 보는 의사 앞에서 말이나 제대로 할 수 있을지."

그렇게 투덜거리다 어느새 올해의 마지막 진료일이 되고 말았다.

"기초 체온표는 몇 달 치를 들고 가면 되려나."

급기야 오늘 아침에도 그녀는 이렇게 말하면서 나를 멍하게 쳐다보고는, 아침 식사가 끝난 식탁에서 좀처럼 일어서려 하지 않았다.

"그동안 체크한 거 다 갖다 보이면 되잖아."

나는 그렇게 대답했다.

"전부 가져가면 2년 치 스물네 장이나 되니까 그렇지."

그녀는 소리를 지르면서 요구르트 병에 넣은 찻숟가락을 휘휘 저었다.

"그중에 임신에 관계되는 부분은 며칠 치밖에 안 되니까, 이번 달 거 한 장만 가져가면 될 것 같은데."

"그럼 아깝잖아. 2년 동안이나 열심히 체크했는데."

"내가 보는 앞에서 의사가 스물네 장이나 되는 그래프를 들춰 보는 상상만 해도 비참한 기분이 든다. 임신까지의 과정을 속속들이 엿보는 것 같아서."

언니는 찻숟가락 끝에 묻은 요구르트를 바라보았다. 요구르트가 불투명하고 하얗게 빛나면서 느릿느릿 흘러내리다 밑으로 뚝뚝 떨어졌다.

"너무 심각하게 생각하는 거 아냐? 기초 체온표는 그냥 자료잖아."

나는 그렇게 말하면서 요구르트 병의 뚜껑을 닫고 냉장고에 집어넣었다.

언니는 결국 기초 체온표를 모두 들고 가기로 마음을 정했다. 그런데 그래프용지 스물네 장을 정리하는 것이 또 보통일이 아니었다.

언니는 아침마다 그렇게 꼼꼼하게 체온을 재면서도 그래프용지를 정리하는 일은 등한시했다. 침실에 있어야 할 그래프용지가 툭하면 잡지꽂이나 전화대 위에 놓여 있었다. 일상 속에서 그 들쭉날쭉한 꺾은선그래프가 문득문득 눈에 띄곤 했다. 신문을 넘기고 전화를 걸면서, '아아, 이날이 언니 배란일이었구나', '이달에는 저온기가 무지 기네'라고 생각하는 것은 역시 어색한 일이다.

나는 이 방 저 방을 다니면서 간신히 스물네 장의 그래프용지를 찾아냈다.

언니가 M 병원을 선택한 것은 감정적인 이유에서였다. 나는 좀 더 설비를 제대로 갖춘 병원에 가라고 권했지만 언니는 내 말을 듣지 않았다.

"난 어렸을 때부터 아기는 꼭 M 병원에서 낳을 거라고 마음먹었다고."

M 병원은 우리 할아버지가 살아계실 때부터 변함없이 한곳에 있는 개인 산부인과다. 우리는 종종 그 병원 안뜰에 숨어들어 가 놀곤 했다.

병원은 3층짜리 낡은 목조 건물로 이끼 낀 담벼락과 다 벗겨진 간판 글자와 뿌연 유리창 때문에 밖에서는 음산하게 보였지만, 뒤로 돌아들어 간 안뜰은 햇살이 한껏 쏟아져 눈이 부시도록 밝았다. 우리는 그 밝음과 어둠의 낙차에 늘 가슴이 설렜다.

안뜰에 깔린 잔디는 늘 말끔하게 손질이 되어 있어, 우리는 그 위에서 데굴데굴 구르며 놀았다. 끝이 뾰족한 초록색 잔디와 반짝거리는 햇살이 번갈아 시야를 가렸다. 그리고 그 초록과 햇살의 반짝임은 눈 속에서 뒤섞여 투명한 쪽빛으로 변했다. 그러면 하늘과 바람과 땅이 내 몸에서 쓰윽 멀어지면서 공중에서 흔들리는 듯한 한순간이 찾아온다. 나는 그 순간을 무척 사랑했다.

그러나 우리가 가장 짜릿함을 느꼈던 놀이는 병원 내부를 들여다보는 것이었다. 우리는 마당 한구석에 버려져 있는 거즈와 탈지면 상자를 밟고 창문으로 진찰실을 들여다보았다.

"들키면 혼나잖아."

언니보다 내가 더 겁이 많았다.

"괜찮아. 우린 아직 어린애니까 많이 혼내지는 않을 거야."

언니는 입김을 불어 뿌예진 유리창을 블라우스 소매로 닦으면서 태연하게 말했다.

창에 얼굴을 갖다 대면 하얀 페인트 냄새가 나곤 했다. 콧속이 찡해지는 그 냄새는 M 병원 하면 떠오르는 강렬한 기억으로 남아 어른이 되어서도 좀처럼 지워지지 않았다. 페인트 냄새를 맡을 때마다 M 병원이 떠올랐다.

오후 진료가 시작되기 전의 조용한 진찰실에는 아무도 없어서 구석구석 천천히 둘러볼 수 있었다.

타원형 트레이에 담긴 주둥이가 넓적한 갖가지 종류의 병은 정말이지 신비로웠다. 씌우거나 돌려서 끼우는 식이 아니라 그냥 유리 뚜껑을 갖다 얹기만 하면 되는 그 병을 내 손으로 열어 보고 싶어 나는 안달을 했었다.

병은 칙칙한 갈색과 보라색, 분홍색으로 물들어 있었고 안에 담겨 있는 액체도 그 비슷한 색이었다. 햇살이 병에 닿으면 액체가 비쳐 마치 파르르 떠는 것처럼 보였다.

신생님의 책상 위에는 청진기와 핀셋과 혈압계가 아무렇게나 어질러져 있었다. 그 가늘고 구부러진 관과 탁한 은색의 빛과 서양배 모양의 고무장갑은 살아 꿈틀거리는 곤충 같았다. 진료기록카드에 죽 적혀 있는 알파벳 글자를 볼 때는 그 비밀스러운 아름다움에 가슴이 두근거렸다.

책상 옆에는 아무 꾸밈없는 간소한 침대가 있었다. 빛바랜 뻣뻣한 시트가 씌워져 있고, 그 한가운데 상자 모양을 한 베개가 덜렁 놓여 있었다. 나는, 저 딱딱해 보이는 신기한 모양의 베개를 베고 누우면 어떤 기분이 들까 하고 생각했다.

벽에는 '거꾸로 선 태아 치료를 위한 자세'라고 쓰인 포스터가 붙어 있었다. 검정 타이츠를 신은 여자가 허리를 구부리고 가슴을 바닥에 대고 있었다. 타이츠가 다리에 너무 딱 달라붙어 있어서 내게는 여자가 알몸인 것처럼 보였다. 그녀는 누렇게 바랜 포스터 안에서 퀭한 눈으로 먼 곳을 바라보고 있었다.

어디에선가 들려오는 학교 종소리가 이제 슬슬 오후 진료가 시작된다는 것을 알려주었다. 문 너머에서 점심을 먹고 돌아오는 간호사들의 발소리가 들리면 우리는 엿보기를 포기하지 않을 수 없었다.

"언니, 2층하고 3층은 어떻게 생겼는데?"

내가 물으면 언니는 마치 보고 온 것처럼 자신 있게 대답했다.

"입원실하고 신생아실, 그리고 급식실이 있어."

간혹 3층 창문으로 여자가 밖을 내다보는 일이 있었다. 갓 아이를 낳은 여자였으리라. 그녀들은 모두 화장기 없는 얼굴에 두꺼운 가운을 걸치고 머리를 한 가닥으로 묶고 있었다. 귀 옆에서 솜털이 힘없이 하늘거렸다. 그녀들은 대개 표정이 없고 무기력해 보였다.

'저렇게 매혹적인 것들로 가득한 진찰실 바로 위에서 먹고 자고 있는데 왜 하나도 신나 보이지 않는 것일까.'

그때 나는 그렇게 생각했다.

기어코 M 병원에서 진찰을 받겠다고 고집을 부릴 정도이니, 언니에게도 어렸을 적 인상이 강렬하게 남아 있는 것이리라. 그녀도 그 3층 창문에서 가운을 걸치고 머리를 묶은 모습에 싸늘하고 창백한 얼굴로 잔디밭을 내려다보게 될까.

나만 양보하면 언니에게 반대할 사람은 없다. 형부는 늘 그렇지만 이번에도 있으나 마나 한 의견을 냈다.

"그 병원은 가까우니까 걸어서 갈 수도 있고, 괜찮을 것 같은데."

언니는 오전 중에 돌아왔다. 아르바이트를 하러 나가려던 나는 마침 현관에서 언니와 마주쳤다.

"뭐래?"

"1.5개월. 꼭 6주째래."

"와, 그렇게 자세하게 알 수 있어?"

"기초 체온표 덕분이지 뭐. 빠지지 않고 체크했으니까."

언니는 그렇게 말하고는 코트를 벗으면서 성큼성큼 집 안으로 들어갔다. 각별한 느낌이 있었던 것 같지는 않았다.

'오늘 저녁은 뭔데?'

'부야베스.'

'그러니?'

'오징어하고 모시조개가 쌌거든.'

그런 일상적인 대화를 나눈 후 같은 단순한 감촉밖에 남지 않았다. 그래서 나는 축하한다는 말조차 잊고 있었다.

그런데 과연 언니와 형부 사이에 아이가 태어난다는 것이 축하할 일일까? 나는 사전을 들춰 '축하'란 단어를 찾아보았다. '남의 경사에 기쁘고 즐겁다는 뜻으로 인사함. 또는 그 인사'라고 나와 있었다.

"그 자체에는 아무런 의미도 없네."

나는 혼자 그렇게 중얼거리고, 조금도 기쁘고 즐거운 분위기가 아닌 글귀를 손가락으로 더듬었다.

12월 30일 화요일(6주+1일)

나는 어렸을 때부터 12월 30일이란 날을 별로 좋아하지 않았다. 31일이 되면 올해도 오늘로 마지막이란 기분으로 지낼 수 있는데, 마지막 날의 전날이란 어중간함 때문에 개운치가 않은 것이다. 설음식을 준비하는 것도 대청소도 쇼핑도 무엇 하나 완전한 것이 없다. 그런 어정쩡한 집 안에서 할 수 없이 겨울방학 숙제를 하곤 했다.

하지만 아버지와 엄마가 잇달아 병으로 돌아가신 후에는 그런 계절 감각이 점차 희미해졌다. 그 점은 형부가 이 집에 들어온 다음에도 변함이 없다.

나는 겨울방학에, 형부는 겨울 휴가에 들어가 오늘 아침은 느긋한 분위기였다.

"잠을 덜 잔 눈에는 겨울 햇살도 눈부시군."

형부가 안경 너머로 눈을 찌푸리면서 의자에 앉았다. 마당에 쏟아지는 아침 햇살이 식탁 아래까지 비춰 우리 셋의 슬리퍼 그림자가 바닥에 어른거렸다.

"어젯밤에 늦게 들어왔어요?"

어제 형부는 근무하는 치과에서 송년회가 있어 내가 잠이 든 후에 들어온 것 같다.

"마지막 전철은 얻어 탔지."

형부는 그렇게 말하고 커피 잔을 들었다. 달짝지근한 커피 향이 김과 함께 식탁보 위를 떠다녔다.

형부는 커피에 생크림과 설탕을 듬뿍 넣기 때문에 아침을 먹을 때면 식사 자리에서 늘 빵집 냄새가 난다. 치과에서 기공사로 일하는 사람이 저렇게 단 커피를 마시고 이가 썩을까 걱정되지도 않나, 하고 나는 생각한다.

"막차는 정말 엄청나더라. 복잡한 데다 사방이 온통 술에 취한 사람들뿐이니."

언니가 버터나이프로 바삭하게 구운 토스트에 버터를 발랐다. 삭삭 하는 소리가 났다.

언니는 어제 산부인과에 다녀와 정식으로 임부가 되었지만 딱히 변한 것은 없었다. 기뻐하든 당황하든, 아무튼 더 흥분할 줄 알았는데 의외였다. 평소에는 사소한 변화, 단골 미장원이 문을 닫았다거나 이웃집 고양이가 늙어 죽었다거나 수

18

도 공사 때문에 하루 종일 물이 안 나왔다거나, 그런 별것 아닌 일에도 몹시 동요하고 혼란스러워하면서 금방 니카이도 선생님의 병원으로 달려가는 사람인데.

언니는 형부에게 임신에 대해서 어떤 식으로 말했을까. 이 두 사람이 내가 없는 곳에서 어떤 대화를 나누는지 나는 잘 모른다. 아니 나는 부부란 것을 잘 이해하지 못한다. 그것은 왠지 불가사의한 기체처럼 여겨진다. 윤곽도 색깔도 없어서 삼각 플라스크의 투명한 유리와 구별되지 않는 허망한 기체.

언니는 오믈렛 한가운데에 포크를 꽂고 중얼거린다.

"이 오믈렛, 후추를 너무 뿌렸네."

그녀가 음식 투정을 하는 것은 어제오늘 일이 아니라, 나는 듣고도 못 들은 척한다. 포크 끝에서 덜 익은 계란 노른자가 노란 피처럼 똑똑 떨어진다. 형부는 둥글게 자른 키위를 먹고 있다. 나는 점점이 박힌 까만 씨앗이 무슨 조그만 벌레의 집처럼 보여 도무지 키위가 좋아지지 않는다. 오늘 키위는 너무 잘 익어 과육이 거의 뭉그러질 정도다. 버터 용기 안에서도 하얀 버터 덩어리가 땀에 축축이 젖어 있다.

눌 다 임신을 화제 삼을 기미가 보이지 않아 나 역시 아무 말도 할 수 없었다. 마당에서 새가 울고 있다. 하늘 높은 곳에서 구름이 엷게 번지고 있다. 그릇이 부딪치는 소리와 음식을 넘기는 소리가 번갈아 들렸다.

모두, 오늘이 올해 마지막 날의 전날이라는 것을 모르는 듯했다. 우리 집에는 솔가지도 검정콩도 떡도 없었다.

"대청소 정도는, 하는 게 좋겠지."

나는 혼자 중얼거리듯 말했다.

"당신은 홀몸이 아니니까, 무리하지 않는 게 좋을 거야."

형부가 투명한 과즙에 젖은 입술을 핥으면서 언니에게 말했다. 그는 이렇게 상투적인 대사를 자못 친절을 베풀 듯 구사하는 버릇이 있다.

1월 3일 토요일(6주+5일)

형부의 부모님이 찬합에 설음식을 꼭꼭 담아 들고 찾아오셨다. 그분들이 오시면 나는 어떤 말투로 얘기하면 좋을지, 그분들을 뭐라고 부르면 좋을지 몰라 어쩔 줄 모르겠다.

우리는 아무 데도 가지 않고 집 안에서 뒹굴거리며, 배가 고프면 냉동 피자를 전자레인지에 데워 먹거나 레토르트 감자 샐러드를 먹곤 했던 터라, 그 번듯한 설음식에 그만 압도되고 말았다. 그것은 품이 많이 든 정교하고 화려한 공예품만 같았지, 도무지 먹을거리로는 보이지 않았다.

늘 생각하지만, 정말 좋은 분들이다. 마당에는 낙엽이 수북하게 쌓여 있고 냉장고에는 사과 주스와 크림치즈밖에 없어도, 언니에게 싫은 소리 한마디 없이 손자가 생기는 것을 진심으로 기뻐하셨다.

저녁 무렵 그분들이 돌아가시자 언니는 한숨을 길게 내쉬면서, 피곤해서 그만 자야겠다고 하고는 소파에서 잠이 들었다. 스위치를 탁 꺼버린 것처럼 미련 없이 잠에 빠져들었다. 그녀는 요즘 들어 툭하면 잔다. 깊고 싸늘한 늪을 헤매듯 조용히 잔다.

역시 임신한 탓일까.

1월 8일 목요일 (7주+3일)

드디어 입덧이 시작되었다.

입덧이 이렇게 갑자기 찾아오는 것인 줄은 몰랐다.

"나는 입덧 같은 거 안 할 거야."

전에 언니는 그렇게 말했다. 그녀는 그런 전형을 싫어한다. 자신은 절대 최면술이나 마취에 걸리지 않으리라고 믿는 것이다.

낮에 둘이서 마카로니 그라탱을 먹고 있는데, 언니가 느닷없이 숟가락을 눈높이로 들어 올리더니 빤히 쳐다보았다.

"이 숟가락에서 이상한 냄새 나지 않니?"

내게는 아무 이상 없어 보였다.

"모래 냄새가 나."

언니는 코를 킁킁거렸다.

"모래 냄새?"

"응. 어렸을 때 모래 놀이터에서 놀면서 맡았던 냄새하고 같은 냄새. 물기가 없고 까끌까끌하고, 탁한 냄새."

언니는 그라탱 접시에 숟가락을 내려놓고 화장지로 입을 닦았다.

"다 먹은 거야?"

내가 묻자 언니는 고개를 끄덕이고는 턱을 괴었다.

스토브 위에서는 주전자가 쉭쉭거리고 있었다. 언니는 말없이 나를 보았다. 나는 할 수 없이 먹던 것을 계속 먹었다.

"그라탱의 화이트소스, 무슨 소화액 같다는 느낌 안 드니?"

언니가 중얼거렸다. 나는 무시하고 얼음물을 한 모금 마셨다.

"그 미적지근한 온도하며 혀에 휘감기는 눅눅한 감촉하며 걸쭉한 농도하며."

언니는 등을 구부리고 내 눈을 들여다보듯 하면서 고개를 옆으로 기우뚱 기울였다. 나는 숟가락 끝으로 그라탱 접시 바닥을 탁탁 두드렸다.

"그리고 색깔도 느끼하고. 그 기름기의 색이."

나는 그녀를 여전히 무시하고 있었다. 습기 띤 찬바람이 유리창을 흔들었다. 부엌 싱크대 위에는 화이트소스를 만들 때 사용했던 계량컵과 우유 팩과 나무 주걱과 소스 팬이 널려 있었다.

"또 그 마카로니의 모양도 묘하다니까. 입안에서 그 뻥 뚫린 공동空洞이 톡, 톡 끊어질 때, 난 지금 소화관을 먹고 있구나 싶은 기분이 들어. 담즙과 췌장액이 흐르는 눅진눅진한 관 말이야."

나는 서글픈 기분으로 언니의 입술에서 흘러나오는 온갖 말을 바라보면서 숟가락을 만지작거리고 있었다. 언니는 실

컷 주절거리고 나더니 천천히 일어나 나가버렸다. 식탁 위에서는 다 식은 그라탱이 하얀 덩어리가 되어가고 있었다.

1월 13일 화요일(8주+1일)

언니가 처음 그 사진을 보여줬을 때, 나는 얼어붙은 밤하늘에서 쏟아지는 비 같다고 생각했다.

사진의 형태는 보통 스냅사진하고 똑같았다. 하얀 테두리가 있고, 뒤에는 필름 회사의 이름이 찍혀 있는. 그러나 검진을 하고 돌아온 언니가 그것을 식탁 위에 아무렇게나 던져 놓았을 때, 나는 그것이 보통 사진과는 다르다는 것을 금방 알았다.

그 깊고 청아한 검정색 밤하늘을 가만히 보고 있자니, 현기증이 날 것 같았다. 빗방울은 덧없는 안개처럼 공중을 떠다녔다. 그리고 그 안개 속에 누에콩 모양의 공동이 둥실 떠 있었다.

"이게, 우리 아기야."

언니는 매니큐어를 예쁘게 칠한 손톱으로 사진 모퉁이를

톡톡 쳤다. 입덧 탓에 그녀의 볼은 파르스름하고 투명했다.

나는 눈을 찌푸리고 누에콩처럼 생긴 공동을 쳐다보았다. 밤을 적시는 안개비 소리가 들려올 것 같았다. 그 공동의 잘록한 구석에 걸려 있는 것이 아기였다. 그것은 희미한 그림자 덩어리로, 바람이 불면 밤의 나락으로 훌훌 떨어져 내릴 것 같았다.

"입덧의 근원이 여기 있다는 거지?"

언니는 아침부터 아무것도 먹지 않아 소파에 축 늘어져 있었다.

"이런 사진, 어떻게 찍는 건데?"

"모르겠다. 난 그냥 침대에 누워만 있었으니까. 초음파 검사가 끝나고 나가려는데, 선생님이 주셨어. 기념으로 가져가라면서."

"와, 이런 게 기념이 되나?"

나는 다시 한 번 사진으로 눈길을 돌렸다.

"M 병원 선생님, 어떤 사람이야?"

나는 창틀의 페인트 냄새를 떠올리면서 물었다.

"초로의 백발 신사 같은 느낌이야. 말이 없고. 선생님뿐만 아니라 간호사 둘도 조용하고 쓸데없는 소리는 조금도 안 해.

그리고 젊지도 않고. 선생님하고 비슷한 정도가 아닐까. 신기한 건, 그 두 사람이 쌍둥이처럼 닮았다는 거야. 키하며 모습하며, 머리 스타일, 목소리, 하얀 가운에 묻은 얼룩의 위치까지 똑같아. 나 지금도 누가 누구인지 잘 모르겠어. 진찰실에 들어서면 귓속이 징 하고 떠는 것처럼 조용해서, 진료기록카드를 넘기는 소리나 핀셋으로 탈지면을 집는 소리, 용기에서 주사기를 꺼내는 소리, 그런 자잘한 소리밖에 들리지 않아. 간호사하고 선생님은 그들만의 무슨 신호를 주고받는지 말은 안 하는데도 뜻이 다 통해. 선생님이 몸의 방향을 살짝 틀거나 눈짓만 해도 간호사는 혈액 검사표다 체온계다, 필요한 것을 내밀어. 그 날렵한 움직임이 황홀할 정도였다니까."

언니는 소파 등받이에 깊숙이 기대어 다리를 꼬았다.

"우리가 놀이터 삼았던 그 옛날하고 달라지진 않았어?"

내가 묻자 언니는 고개를 끄덕거렸다.

"하나도 안 변했어. 초등학교 정문 지나서 꽃 가게 모퉁이를 돌면 병원 간판이 보이는데, 그곳만 시간의 흐름이 멈춘 것처럼 조용해. 한 걸음 한 걸음 다가가서 손잡이를 잡고 문을 열 때는 내가 어딘가 아주 깊숙한 곳으로 빨려 들어가는 기분이더라."

집 안에 있는데도 좀처럼 몸이 따스해지지 않는지 언니의 볼은 언제까지나 파르스름했다.

"진찰실도 옛날하고 똑같아. 약을 수납하는 길쭉한 장식장도, 선생님이 앉는 단단한 나무 의자도, 뿌연 유리가 끼워진 칸막이도, 전부 옛날에 본 기억이 있었어. 하나같이 낡고 한물간 것들인데 손질도 잘돼 있고 얼마나 깔끔한지 몰라. 그런 진찰실에 딱 하나 잘못 놓여 있는 것처럼 새것이 있어. 그게 뭔 줄 알아?"

나는 고개를 옆으로 저었다.

"초음파 장치야."

언니는 그 말을, 아주 특별하고 소중한 것인 듯 천천히 발음했다.

"검진하러 가면 반드시 그 장치 옆에 있는 침대에 누우라고 해. 그래서 꿈지럭꿈지럭 블라우스 올리고 속옷을 절반쯤 내리고 배를 내보이면, 말없는 간호사가 다가와서 치약하고 비슷하게 생겼는데 그것보다 훨씬 큰 튜브에서 젤 상태의 투명한 약을 짜내서 배에 발라. 그때 감촉이 얼마나 좋은지 몰라. 젤라틴처럼 투명하고 매끌매끌한 물질이 피부를 쓰다듬는 셈이지. 정말 묘한 기분이야."

언니는 숨을 길게 내쉬고는 다시 말을 이었다.

"그다음에는 선생님이 초음파 장치하고 검은 관으로 연결된 소형 무전기 같은 상자를 내 배에 갖다 대는데, 방금 전에 바른 약 덕분에 그게 내 배에 딱 밀착돼. 그리고 모니터에 내몸 안이 비치는 거야."

언니는 손가락으로 식탁에 놓여 있는 사진을 한 바퀴 돌렸다.

"진찰이 끝나면 간호사가 깨끗한 거즈로 배를 닦아줘. 조금 허탈해지는 순간이지. 아아, 잠시 더 이 감촉을 만끽하고 싶은데, 하는 생각이 늘 들 만큼."

언니는 말을 술술 뱉어냈다.

"진찰실에서 나오면 꼭 화장실에 가서 블라우스를 끌어 올리고 다시 한 번 내 배를 바라봐. 아직 그 젤라틴 같은 약이 남아 있을지도 모른다고 생각하면서 말이야. 하지만 그 생각은 늘 배신당해. 아무것도 남아 있지 않아. 만져봐도 미끈거리지 않고. 축축하지도, 차갑지도 않아. 나 그때는 정말 실망스러워."

언니는 한숨을 쉬었다.

언니가 벗어놓은 장갑 한 짝이 바닥에 떨어져 있었다. 밖에는 싸락눈이 내리고 있었다.

"자기 몸 안이 찍힐 때 기분이 어떤데?"

나는 창밖에서 바람에 흔들리는 눈발을 보면서 물었다.

"그이가 치형齒型을 뜰 때하고 비슷한 기분이라고나 할까."

"형부가?"

"응. 조금은 부끄럽기도 하고, 간질간질하기도 하고, 좀 찝찝하기도 한 그런 기분."

그렇게 말한 후 언니는 천천히 입술을 닫고 침묵했다.

언니가 이렇게 들고 나는 파도처럼 혼자서 한없이 주절거리다가 입을 꾹 다물어버리는 것은 좋지 않은 신호였다. 예민해진 신경을 감당하지 못해 어쩔 줄 모르고 있다는 증거였다. 머지않아 또 니카이도 선생에게 달려가겠군, 하고 나는 생각했다.

우리 둘 사이에서, 갓난아기의 희미한 그림자가 저녁 어둠에 싸여 있었다.

1월 28일 수요일(10주+2일)

언니의 입덧이 점점 심해지고 있다. 조금씩 좋아지는 것도 아니고 언제쯤이면 끝날 것이라는 기약도 전혀 없는 상태라 언니는 몹시 우울해하고 있다.

아무튼 아무것도 먹지 못한다. 내가 생각해낼 수 있는 온갖 종류의 음식을 언니 앞에 내밀어보았지만, 그녀는 그저 먹고 싶지 않다는 대꾸만 했다. 집 안에 있는 요리책을 모두 꺼내 한 장씩 넘겨서 보여주었지만 그것도 아무 소용없었다.

먹는다는 것이 이렇게 힘겨운 작업이었나, 하고 나는 새삼 생각했다.

배 속이 텅 비면 위가 쓰리고 아픈지 언니는 "뭘 좀 입에 넣어야겠다"라고 말했다. (절대 먹는다는 표현을 쓰지 않았다.)

나는 크루아상을 골랐다. 아픈 위를 달래기 위해서는 크루아상이든 와플이든 포테이토칩이든 별 상관이 없었다. 우연히 그때, 아침에 먹다 남아 그대로 빵 바구니에 담겨 있는 크루아상 한 개가 눈에 띄었을 뿐이다.

언니는 초승달 모양의 빵 끝을 조금 뜯어 입에 밀어 넣고는 거의 씹지도 않고 삼켰다. 그리고 목이 막히자 얼굴을 찡그리며 스포츠음료를 찔끔 마셨다. 그 모습이 도저히 식사를 하는 풍경 같지 않았다. 무슨 불가사의한 주술이라도 부리는 듯 보였다.

형부는 '특집, 나는 이렇게 입덧을 이겨냈다'니, '아내가 입덧을 할 때 남편의 역할'이니 하는 기사가 실린 잡지를 줄줄이 사들였다. 임산부와 영아에 관한 잡지가 이렇게 많을 줄이야, 나는 그저 놀라울 따름이었다. '임신중독증을 이기자!', '임신 중의 출혈 대백과', '출산에 드는 비용 조달 계획' 등, 그런 제목을 보다 보면 앞으로 언니의 몸에 생길지도 모르는 문제가 너무도 각양각색이라 넌더리가 났다.

믿기 어려운 일이지만, 언니와 함께 형부도 식욕을 잃고 말았다. 식탁에 앉아서도 포크로 음식을 쿡쿡 쑤시기만 할 뿐 거의 입에 대지 않았다.

"언니가 속이 안 좋으면 나도 덩달아 그래."

형부는 변명하듯 말하고는 한숨을 쉬었다.

형부의 식욕 부진을 언니는 자상함이라고 여기는 듯하다. 억지로 크루아상을 삼키는 언니의 등을 쓰다듬어주면서 형부는 창백한 얼굴로 자신의 가슴을 쓸어내린다. 둘은 상처 입은 어린 새처럼 서로에게 기대어 일찌감치 침실로 들어가서는 아침이 되도록 나오지 않는다.

내게는 형부가 정말 비참하게 보인다. 그가 속이 안 좋아야할 이유는 하나도 없기 때문이다. 맥없이 한숨짓는 그의 모습을 생각하면 짜증스럽기까지 하다.

나는 문득, 입덧 때문에 홀쭉해진 내 옆에서 풀코스로 나오는 프랑스 요리를 말끔하게 해치우는 그런 남자를 좋아하고싶다는 생각을 한다.

2월 6일 금요일(11주+4일)

요즘 나는 늘 혼자서 밥을 먹는다. 마당의 화단과 삽과 흐르는 구름을 내다보면서 느긋하게 먹는다. 대낮부터 맥주를마시고 언니가 싫어하는 담배도 피우면서 자유로운 시간을즐긴다. 전혀 외롭지 않다. 혼자서 밥을 먹는 게 내 적성에 맞는 듯하다.

오늘 아침, 프라이팬을 달궈 베이컨 에그를 만들고 있는데언니가 계단을 뛰어 내려왔다.

"아유, 지독해. 이 냄새 좀 어떻게 해."

언니는 머리를 쥐어뜯으면서 소리를 버럭 질렀다. 흥분해서 눈물까지 글썽거리고 있었다. 잠옷 바지 밖으로 드러난 맨발이 유리처럼 차갑고 투명했다. 그녀가 가스레인지의 스위치를 신경질적으로 껐다.

"그냥 계란하고 베이컨인데 뭘."

"뭐가 그냥이야. 온 집 안에 버터에 기름에 계란에 돼지 냄새가 가득 차서 숨도 쉴 수가 없는데."

언니는 식탁에 엎드려 울음을 터뜨렸다. 나는 어쩌면 좋을지 알 수 없었다. 일단은 창문을 열고 환풍기를 돌렸다.

그녀는 정말 울고 있었다. 연기를 하듯 예쁜 울음이 아니었다. 머리카락이 흘러내린 옆얼굴, 파르르 떠는 어깨. 눅눅한 울음소리가 울렸다. 나는 위로할 생각으로 그녀의 등에 손바닥을 댔다.

"어떻게 좀 하란 말이야. 아침에 눈을 떴더니, 이 끔찍한 냄새가 내 온몸을 휘감잖아. 입도 허파도 위도 다 뒤집어지고 내장은 요동을 치고."

언니는 울면서 중얼거렸다.

"왜 집에서 이렇게 냄새가 나는 거냐고. 속이 울렁거려 죽겠는데, 왜 냄새를 풍기냔 말이야."

"미안해. 앞으로 조심할게."

나는 조심조심 말했다.

"베이컨 에그만이 아니야. 눌어붙은 프라이팬도 그렇고, 사기 접시, 욕실 비누, 침실의 커튼, 온갖 데서 다 냄새가 나. 한 가지 냄새가 아메바처럼 물컹하게 퍼져 있는데, 다른 냄새가 그걸 싸고 팽창하고, 또 다른 냄새가 거기에 녹아들어서. 아아, 끝이 없어."

언니는 눈물에 젖은 얼굴을 식탁에 비벼댔다. 나는 언니의 등에 손바닥을 올려놓고 뭘 어떻게 하면 좋을지 모르는 채 그녀 잠옷의 체크무늬를 내려다보았다. 돌아가는 환풍기의 모터 소리가 평소보다 크게 들렸다.

"냄새가 얼마나 끔찍한 건지 너 아니? 피할 수가 없어. 가차 없이 파고든단 말이야. 냄새가 없는 데로 가고 싶다. 병원의 무균실 같은 곳. 거기서 내장을 전부 꺼내서 깨끗해질 때까지 증류수로 씻었으면 좋겠어."

"그래, 알았어."

나는 중얼거렸다. 그리고 숨을 깊이 들이쉬어 보았다. 하지만 냄새의 흔적은 어디에도 없었다. 상쾌한 아침의 부엌이었다. 식기 선반에는 커피 잔이 한 줄로 늘어서 있고, 벽에 걸린

행주는 뽀송뽀송하게 말라 있고, 창문에는 얼어붙을 듯 파란 하늘이 비치고 있었다.

언니가 얼마나 오랜 시간을 울었는지는 알 수 없다. 겨우 몇 분 같기도 하고, 정신이 아득해질 정도로 오랜 시간인 것처럼 느껴지기도 했다. 아무튼 언니는 성이 풀릴 때까지 울었고, 마지막으로 숨을 길게 토해내고는 얼굴을 들어 나를 보았다. 속눈썹과 볼이 푹 젖어 있었지만, 표정은 차분했다.

"나, 먹고 싶지 않은 게 아니야."

언니는 조용히 말했다.

"사실은 뭐든 먹고 싶어. 말처럼 허겁지겁 먹고 싶다고. 맛있다고 생각하면서 뭘 먹었던 시절의 내가 그리워서 슬퍼. 그래서 갖가지 상상을 해. 한가운데 장미 꽃병이 놓여 있고, 포도주 잔에는 촛불 빛이 아른거리고, 수프와 고기 요리에서는 김이 하얗게 피어오르는 식탁을 말이야. 물론 거기에 냄새 같은 것은 없어. 입덧이 끝나면 제일 먼저 뭘 먹을까, 그런 생각도 해. 정말 언젠가 끝이 있을지, 불안하지만. 그림을 그려보곤 해. 광어 뫼니에르, 돼지갈비, 브로콜리 샐러드. 열심히 생각해서 신짜하고 똑같이 그려. 내가 생각해도 참 한심하지. 하루 종일 먹는 생각만 한다니까. 전쟁터의 아이들처럼."

언니는 잠옷 소맷자락에다 눈물을 닦았다.

"한심하다고 스스로 책망할 것까지야 없잖아. 언니 잘못이 아니니까."

"고맙다."

언니가 멍한 눈빛으로 대답했다.

"앞으로 언니가 집에 있을 때는 아예 부엌을 쓰지 않을게."

언니는 고개를 끄덕였다.

프라이팬에서는 싸늘하게 식어버린 베이컨 에그가 숨을 죽이고 있었다.

2월 10일 화요일(12주+1일)

12주라면 4개월에 들어섰다는 얘기다. 그러나 언니는 여전히 입덧을 하고 있다. 입덧은 푹 젖은 블라우스처럼 그녀에게 착 들러붙어 있다.

오늘, 언니는 역시 니카이도 선생을 찾아갔다. 그녀는 지금 신경과 호르몬과 감정이 모두 제멋대로 놀고 있다.

니카이도 선생의 병원에 갈 때면 늘 그렇지만, 언니는 입고 갈 옷을 한참이나 골랐다. 코트와 치마와 스웨터와 스카프를 몇 종류나 침대에 늘어놓고 심각하게 생각했다. 그리고 평소보다 정성스럽게 화장을 한다. 그런 언니를 보고 형부가 질투를 하면 어쩌나 하고 나는 걱정한다.

입덧 때문에 허리가 한결 가늘어지고 볼은 홀쭉해지고 턱이 뾰족해진 언니는 정말 예뻐 보인다. 도저히 임신한 사람 같지 않다.

태풍이 몰아치던 날, 언니를 집까지 데려다준 니카이도 선생을 만난 적이 있다. 별 특징 없는 평범한 중년 남자였다. 귓불이 탐스럽다거나 손가락이 두툼하다거나 목선이 뚜렷하다거나, 그렇게 인상에 남을 만한 구석이 한 군데도 없었다. 눈을 내리뜬 채 언니 뒤에 말없이 서 있었다. 머리카락과 어깨가 비에 젖어 유독 초라해 보였다.

니카이도 선생이 언니를 어떻게 치료하는지는 모른다. 언니가 하는 말을 들어보면 간단한 심리 테스트와 최면 요법을 사용하고 약을 처방하는 것 같다. 하지만 고등학생 때부터 10년 이상이나 치료를 받고 있는데도 언니의 신경증은 조금도 좋아지지 않았다. 그녀의 증상은 바다에 떠 있는 해초처럼 늘 물결에 일렁거린다. 평온한 모래사장으로 올라오는 일은 절대 없다.

그런데도 언니는 치료를 받는 동안에는 몸이 아주 자유로워진다고 한다.

"미장원에서 미용사가 머리를 감겨줄 때 기분하고 비슷해. 누군가가 내 몸을 위해서 무언가를 해줄 때의 그 기분, 얼마나 좋은데."

그때의 좋았던 기분을 떠올리는지 그녀는 눈을 살풋 찡그리고 말했다.

나는 니카이도 선생이 그렇게 훌륭한 정신과 의사는 아니라고 생각한다. 태풍이 불던 밤, 말없이 현관에 서 있었던 그의 눈빛은 의사가 아니라 오히려 환자처럼 겁에 질려 있었다. 과연 그는 언니의 과민한 신경을 어떻게 어루만져주는 것일까.

해가 저물고 금빛 달이 어둠 속에 떠오를 즈음이 되어서도 언니는 돌아오지 않았다.

"이렇게 추운 밤에 밖에 돌아다녀도 괜찮은 건가."

형부는 혼자서 중얼거렸다. 문 앞에 택시가 서는 소리가 들리자 그는 허둥지둥 언니를 맞으러 나갔다.

목도리를 풀면서 언니는 다녀왔노라고 말했다. 눈동자와 속눈썹이 싸늘하게 빛났다. 아침보다는 한결 표정이 차분했다.

그러나 니카이도 선생을 만나고 왔어도 입덧은 전혀 좋아지지 않았다.

3월 1일 일요일(14주+6일)

내가 앞으로 태어날 아기에 대해 아무 생각도 하지 않는다는 것을 문득 깨달았다. 성별이나 이름, 또는 아기 옷에 관해 생각해보는 게 좋을 것 같다. 사람들은 보통 그런 일을 즐기지 않나.

언니와 형부는 내 앞에서는 아기 얘기를 하지 않는다. 임신을 했다는 사실과 배 속에서 자라고 있는 아기는 전혀 무관하다는 것처럼 행동한다. 그래서 나 역시 아기가 만지고 느낄 수 있는 것이라는 생각은 들지 않는다.

내가 지금 아기를 인식하기 위해 머릿속에서 사용하는 키워드는 '염색체'다. '염색체'로서는 아기의 형태를 인식할 수 있다.

전에 과학 잡지인지 아무튼 무슨 잡지에서 염색체 사진을 본 적이 있다. 그것은 나비의 쌍둥이 유충이 세로로 무수하게 줄지어 있는 그림처럼 보였다. 길쭉한 타원형의 유충은 집게손가락과 엄지손가락으로 집기에 마침 적당하게 동글동글하고, 옴폭 들어간 부분과 축축한 표피가 생생하게 찍혀 있었다. 한 쌍 한 쌍의 모양에는 각기 개성이 있었다. 끝이 지팡이처럼 구부러진 것, 평행하게 마주 보고 있는 것, 삼쌍둥이처럼 등이 들러붙어 있는 것 등 각양각색이었다.

언니의 아기를 생각하면 나는 그 쌍둥이 유충이 떠오른다. 머릿속으로 아기의 염색체 모양을 그리게 된다.

3월 14일 토요일(16주+5일)

5개월째에 접어들었는데 언니는 조금도 배가 부르지 않았다. 몇 주 동안이나 크루아상과 스포츠음료밖에 먹지 않은 탓에 점점 야위어갈 뿐이다. 그리고 M 병원과 니카이도 선생의 병원에 갈 때를 제외하면 중환자처럼 침대에 축 늘어져 있다.

내가 할 수 있는 일은 냄새를 풍기지 않도록 주의하는 것뿐이다. 비누는 전부 향이 없는 것으로 바꿨다. 파프리카와 타임, 샐비어 등의 향신료는 캔에 담아 밀봉했다. 언니의 방에 있던 화장품도 전부 내 방으로 옮겼다. 치약 냄새조차 속이 울렁거린다고 해서 형부가 구강 세정기를 사 왔다. 언니가 집에 있을 때에는 물론 음식도 만들지 않는다. 그래도 어쩔 수 없을 때에는 전기밥솥과 전자레인지와 커피메이커를 마당에 내다 놓고 그곳에 돗자리를 깔고 먹는다.

혼자서 밤하늘을 올려다보면서 밥을 먹다 보면 마음이 편해진다. 이른 봄날의 밤, 어둠의 색채와 바람의 감촉이 부드러워 전혀 춥지 않다. 내 손바닥과 돗자리 위로 뻗은 다리는 가물가물한데 마당의 백일홍 나무와 화단의 벽돌과 조그만 별의 반짝임은 또렷하게 보인다. 멀리서 개가 짖는 소리 외에는 아무 소리도 들리지 않는다.

고생 고생 마당까지 끌고 나온 콘센트에 전기밥솥의 플러그를 꽂고 잠시 기다리면 모락모락 오르는 김이 어둠 속에 하얗게 녹아든다. 그리고 전자레인지에 인스턴트 크림 스튜를 데운다. 때로 바람이 횡 불어와 김이 저 높은 하늘까지 올라간다. 그리고 마당의 초록이 흔들린다.

마당에서 밥을 먹을 때는 평소보다 여유롭게 먹는다. 돗자리 위에 놓은 그릇들은 조금씩 기울어 있다. 흘리지 않으려고 조심조심 스튜를 따르다 보면 마치 소꿉놀이를 하는 기분이다. 어둠 속에서는 시간이 천천히 흘러간다.

2층에 있는 언니의 방에서 어슴푸레하게 불빛이 새어 나온다. 냄새에 휘감겨 침대에 웅크리고 있을 그녀를 생각하면서 나는 입을 한껏 벌리고 스튜와 함께 어둠을 삼킨다.

3월 22일 일요일(17주+6일)

형부의 부모님이 요상한 것을 보자기에 싸 들고 오셨다. 50센티미터 정도 너비의 하얗고 긴 천이었다. 형부의 어머니가 조심조심 보자기를 푸셨을 때, 나는 그것이 뭔지 전혀 알 수 없었다. 그냥 천이라는 단어 외에는 아무런 표현도 떠오르지 않았다.

형부가 죽 펼치자 끝에 개 모양 스탬프가 찍혀 있었다. 귀를 쫑긋 세운 영리해 보이는 개였다.

"그러고 보니까 오늘이 5개월째 개의 날*이네요."

* 임신 5개월째에 들어선 임부가 신사에서 복대를 하고 순산을 기원하는 날.

언니는 시부모님 앞에서 속이 메슥거려 죽겠다는 표정을 미처 감추지 못한 채 맥없는 목소리로 말했다.

"그래. 이런 거 괜히 성가시기만 할지도 모르겠다만, 그래도 좋다니까."

그렇게 말하면서 시어머니는 대나무 막대기니 빨간 끈 다발이니 조그만 은색 방울이니 하는 것들을 우리 앞에 늘어놓으셨다. 그리고 마지막으로 그 물건들을 사용해 순산을 기원하는 방법을 설명한 신사神社의 팸플릿을 꺼내셨다.

"어머나, 설명서까지 있어요?"

나는 감탄하며 말했다.

"신사에 가면 세트로 팔아요."

시어머니가 미소 지으셨다.

나는 그 천의 하얀 염료와 정체 모를 대나무 막대기에서 무슨 냄새가 나지는 않을까 걱정스러웠다. 언니는 야윈 손가락으로 팸플릿 표지를 더듬었다.

우리 다섯 사람은 그 물건들을 차례로 손에 들어 만져보고 뒤집어보면서 고개를 끄덕거렸다.

그분들이 돌아가시자 언니는 금세 신사에서 사 왔다는 세트를 외면하고 침실로 들어가버렸다. 형부는 그것들 하나하나를 다시 원래대로 포장했다. 방울에서 희미한 소리가 났다.

"개 스탬프는 왜 찍혀 있는 거죠?"

나는 형부에게 물었다.

"개는 새끼를 한꺼번에 많이 낳잖아. 그런데도 다들 순산하고. 그래서 이렇게 부적이 될 수 있는 거지."

"동물에도 순산이니 난산이니 하는 구별이 있어요?"

"그런 것 같아."

"콩알이 껍질에서 통통 튀어나오는 것처럼 매끄럽게 새끼가 태어나나 보죠?"

"글쎄, 과연."

"형부는 개가 새끼 낳는 거 본 적 있어요?"

"없어."

형부는 고개를 저으면서 대답했다. 보자기 안에서 스탬프 개가 우리 쪽을 빤히 쳐다보고 있었다.

3월 30일 화요일(19주+1일)

오늘은 아르바이트를 하는 곳이 멀어서 상당히 일찍 일어나야 했다. 역까지 걸어가는 내내 거리는 아침 안개에 싸여 있었다. 속눈썹이 축축하고 차가웠다.

이 아르바이트의 좋은 점은 두 번 다시 찾지 않을 낯선 거리의 슈퍼마켓에서 일할 수 있다는 것이다. 차단기가 있고, 자전거 주차장이 있고, 버스 터미널이 있는 조그만 역 앞 슈퍼마켓에서, 그곳에 모여드는 사람들을 바라보고 있으면 마치 여행을 하고 있는 듯한 기분이 든다.

나는 용역 회사에서 발급한 출입허가증을 보이고 늘 뒷문을 통해 슈퍼마켓 안으로 들어간다. 뒷문 언저리에는 종이 상자와 채소 부스러기와 젖은 비닐 시트가 어지럽게 널려 있어 풍경이 썰렁하다. 형광등 빛도 희미해서 늘 어두컴컴하다. 숙직실의 조그만 창구에 허가증을 내밀면 경비원이 무뚝뚝한 표정으로 고개를 끄덕인다.

문을 열기 전이라 거의 불도 켜져 있지 않은 매장과 덮개가 씌워진 진열 선반의 풍경도 뒷문 언저리만큼이나 썰렁하다. 나는 작업 도구가 들어 있는 주머니를 손에 든 채 매장을 돌아보면서 가장 적당한 장소를 물색한다. 오늘 내가 선택한 곳은 육류 매장과 냉농식품 냉장고 사이에 있는 통로였다.

우선은 뒷문에서 받아 온 종이 상자를 몇 개 쌓아 받침대를 만들고 꽃무늬 식탁보를 덮는다. 그 위에 접시를 올려놓고 크래커를 늘어놓는다. 그리고 볼과 거품기를 꺼내 휘핑크림을 만든다.

거품기가 획획 돌아가는 소리가 휑한 매장 구석구석까지 울려 퍼지면 나는 늘 부끄러워진다. 아침 미팅을 하러 계산대 앞으로 모여드는 점원들의 시선을 무시하면서 나는 열심히 거품기만 돌린다.

오늘의 아르바이트 장소는 갓 문을 연 슈퍼마켓이라 바닥과 천장이 반짝반짝 빛나고 깨끗했다. 나는 크래커에 휘핑크림을 얹어 시장을 보러 나온 손님들에게 권한다. 그때 내가 말하는 대사는 용역 회사의 매뉴얼에 있는 그대로다.

"오늘은 휘핑크림을 할인 판매하고 있습니다. 시식들 해보세요. 집에서도 케이크를 만들 수 있답니다."

그 외에는 거의 아무 말도 하지 않는다.

슬리퍼를 신은 아줌마와 운동복 차림의 젊은 남자와 꼬부랑머리의 필리핀 사람, 다양한 사람들이 내 앞을 지나간다. 그 가운데 몇 명이 내가 내미는 접시에서 크래커를 집어 먹는다.

"얼마나 싸게 파는 거지?" 하고 중얼거리면서 그대로 지나가는 사람도 있고, 잠자코 휘핑크림 팩을 바구니에 담는 사람도 있다.

나는 어떤 손님에게든 공평하게 미소를 보낸다. 휘핑크림이 몇 개 팔리든 내가 받는 급료와는 아무 상관이 없기 때문이다. 냉정하고 공평하게 미소 짓고 있으면 오가는 사람들 때문에 속이 상하는 일도 없고 마음도 편하다.

오늘 처음으로 시식을 해준 사람은 허리가 구부정한 할머니였다. 목에는 수건 같은 머플러를 두르고 있고, 왼손에는 갈색 헝겊 주머니가 덜렁거렸다. 오가는 손님들 속에 소리 없이 녹아들 것처럼 소박한 할머니였다.

"좀 먹어봐도 될까?"

그녀는 조심조심 다가왔다.

"네, 그럼요."

나는 밝은 목소리로 대답한다.

그녀는 마치 신기한 무엇이라도 보듯 접시를 내려다보고는 천천히 팔을 뻗어 가슬가슬하게 마른 손가락으로 크래커를 집었다. 그런데 그것을 입에 넣기까지는 부자연스러울 정도로 재빨랐다. 어린애처럼 입술을 동그랗게 벌렸다가 닫는 순간 눈을 감았다.

우리는 무수한 식료품에 둘러싸여 있었다. 그녀 뒤에는 불

고기용, 로스용, 국거리용, 다짐육 등 다양하게 손질된 고기가 얌전하게 진열돼 있었고, 내 뒤에는 딱딱하게 언 콩과 파이 시트와 크로켓이 냉기에 싸여 있었다. 사람 키보다 높은 선반이 넓은 매장 가득 줄지어 있고, 그 하나하나에는 식료품이 빼곡하게 들어차 있다. 신선한 채소든 유제품이든 과자든 조미료든, 끝이 없을 것처럼 많아 보였다. 선반 사이에 서서 올려다보자 현기증이 일 것 같았다.

장바구니를 든 사람들이 수없이 내 주위를 걸어 다녔다. 모두들 물속을 떠다니듯 흐느적흐느적, 먹을거리를 찾아 돌아다녔다.

여기에 있는 모든 것이 인간의 먹을거리라 생각하자 겁이 났다. 오직 먹을거리를 찾기 위해 이렇게 많은 사람들이 모여들었다니, 소름 끼쳤다. 그리고 침울한 눈빛으로 크루아상을 바라보자 그 초승달 모양의 끝 부분을 살짝 떼어내는 언니가 떠올랐다. 그것을 삼키면서 울상을 지었던 언니의 눈가와 식탁에 떨어진 하얀 빵 부스러기가 머릿속에서 차례차례 떠올랐다.

할머니가 크래커를 먹을 때, 순간적으로 그녀의 혀가 보였다. 호리호리한 몸집과는 어울리지 않는 선명한 빨간색의 혀였다. 표면의 돌기 위로 조명을 반사하는 것처럼, 어두운 입속에서도 또렷하게 보였다. 혀가 유연하게 하얀 휘핑크림을 휘 감았다.

"저, 하나 더 먹어도 되려나?"

할머니는 허리를 구부리고 주머니를 덜렁거리면서 말했다. 두 개를 잇달아 먹어보는 손님은 흔치 않아서 나는 잠시 당황 스러웠지만, 금방 "네, 그러세요"라고 말하고 미소를 보냈다. 그녀는 아까처럼 주름진 손가락으로 크래커를 집어 동그랗게 벌린 입술 사이로 집어넣었다. 이번에도 빨간 혀가 보였다. 그 동작 하나하나가 아주 건강해 보였다. 리듬이 있고 생동감 이 넘치고 매끄러운 흐름이 있었다.

"이걸 하나 사야겠군."

그녀는 휘핑크림 팩을 한 개 집어 바구니에 담았다.

"감사합니다."

그렇게 말하면서 나는, 그녀가 집에서 과연 이 휘핑크림을 어떻게 먹을까 하고 상상했다. 할머니의 조심스러운 등이 금 세 인파 속으로 녹아들었다.

4월 16일 목요일(21주+3일)

오늘 언니가 처음으로 임신복을 입었다. 그것을 몸에 걸치는 순간 한꺼번에 배가 부른 것처럼 보였다. 하지만 직접 만져보아도 별다른 변화는 느껴지지 않았다. 이 손바닥 너머에 어린 생명이 자라고 있다니, 믿기지 않았다.

언니는 임신복에 적응이 잘 안 되는지 허리에 있는 리본을 몇 번이나 고쳐 묶었다.

그리고 입덧이 하루아침에 끝났다. 시작됐을 때처럼 갑작스럽게 끝난 것이다.

아침에 형부를 배웅한 언니가 부엌에 들어왔다. 입덧이 시작되고부터 부엌은 언니에게 가장 불쾌한 장소였기에 식기 수납장에 기대어 선 그녀를 보고 나는 당황하지 않을 수 없었다.

요즘은 거의 음식을 만들지 않기 때문에, 부엌은 말끔하게 정돈되어 있었다. 조리 기구는 제자리에 반듯하게 수납되어 있고, 스테인리스 싱크대는 바짝 말라 있고, 식기세척기 안은 텅 비어 있다. 부엌은 시스템키친을 전시해놓은 쇼룸처럼 서먹하고 썰렁했다.

언니는 부엌 안을 휘휘 돌아본 후 식탁에 앉았다. 여느 때 같으면 제자리에 갖다 놓지 않은 소스와 먹다 남은 쿠키 상자가 놓여 있을 식탁 위에, 지금은 아무것도 없다. 언니는 무슨 말을 하고 싶은 듯 나를 올려다보았다. 임신복 끝자락이 발치에서 나풀거렸다.

"크루아상 먹을래?"

나는 언니의 기분이 상하지 않도록 조심스럽게 물었다.

"부탁이니까, 그 유치한 장난감 같은 '크루아상'이란 말 좀 그만할 수 없겠니?"

언니가 말했다. 나는 순순히 고개를 끄덕였다.

"뭐 좀 다른 거 먹고 싶다."

언니가 조그만 목소리로 말을 이었다.

"응, 알았어."

나는 언니가 먹을거리를 청하는 것이 몇 주 만일까, 하고 생각하면서 서둘러 냉장고를 열어보았다.

하지만 냉장고 안은 깨끗하게 비어 있었다. 램프 빛만 유독 눈부셨다. 나는 한숨을 쉬면서 문을 닫았다.

그다음 식품 수납장 안을 들여다보았다. 거기도 마찬가지였다. 먹을 만한 것은 하나도 보이지 않았다.

"뭐 없어?"

언니는 걱정스러운 표정이었다.

"별로 없네. 고형 젤라틴하고 밀가루 반 봉지, 말린 해파리, 식용 색소, 이스트균, 바닐라 에센스……"

나는 이런저런 봉지와 캔과 병을 헤집었다. 먹다 남은 크루아상이 두 개 나와 얼른 뒤쪽에 감췄다.

"뭘 좀 먹고 싶은데."

언니는 중요한 결심이라도 한 것처럼 분명하게 말했다.

"알았어. 잠깐만 기다려봐. 아무리 그래도 한 가지쯤은 먹을 수 있는 게 있겠지."

나는 수납장 안으로 얼굴을 들이밀었다. 위에서부터 차례차례 뒤져보았다. 제일 아래 칸에 케이크를 만들 때 쓰는 건포도가 남아 있었다. 제조 연월일이 2년이나 지나 미라의 눈알처럼 바짝 말라 있었다.

"이거라도 먹을래?"

나는 건포도 봉투를 언니에게 보여주었다. 그녀가 고개를 끄덕거렸다.

그렇게 딱딱한 것을 어쩌면 저리도 태연한 표정으로 먹을 수 있는지 신기했다. 언니는 봉투에서 건포도를 쉴 새 없이 꺼내 오물오물 씹어댔다. 몸도 마음도 오직 먹는 것에만 집중하고 있었다. 그리고 그녀는 마지막 건포도 한 알을 손바닥 위에 올려놓고 잠시 바라본 후 아깝다는 듯 천천히 입으로 가져갔다.

나는 그때, 언니의 입덧이 끝났다는 것을 알았다.

5월 1일 금요일(23주+4일)

언니는 14주 동안 입덧을 하면서 빠진 몸무게 5킬로그램을 단 열흘 동안 원상 복구시켰다.

언니는 눈을 뜨고 있는 내내 먹을 것을 입에 달고 있다. 식탁에서 밥을 먹든지, 과자 봉지를 안고 있든지, 병따개를 찾고 있든지, 냉장고 안을 들여다보고 있든지. 그녀란 존재 자체가 식욕 덩어리처럼 보였다.

언니는 오직 먹고 있다. 숨을 쉬듯 쉬지 않고 먹을거리를 삼키고 있다. 눈동자는 투명하지만 무표정하게, 똑바로 한 점만 응시하고 있나. 입술은 잘 단련된 육상 선수의 허벅지처럼 활발하게 움직인다. 입덧을 할 때처럼 나는 그저 언니를 물끄러미 처다보는 수밖에 없다.

언니가 불쑥 얼토당토않은 것을 먹고 싶다고 했다. 비 내리는 밤, 비파 셔벗이 먹고 싶다고 한 것이다. 비는, 가득한 빗방울로 마당이 하얗게 보일 정도로 좍좍 쏟아지고 있었다. 깊은 밤, 우리 셋은 이미 잠옷을 입고 있었다. 그런 시간에 문을 연 가게가 동네에 있을 리 없는 데다, 나는 비파 셔벗이란 것이 있는지조차 알지 못했다.

"황매화색 과육이 얇은 유리 조각처럼 겹겹이 쌓여 있고, 사각사각 소리가 나는 비파 셔벗, 비파 셔벗이 먹고 싶다고."

언니는 말했다.

"밤이 늦었잖아. 내일, 어떻게든 찾아볼게."

형부는 상냥하게 말했다.

"안 돼. 지금 당장 먹고 싶어. 머릿속이 온통 비파라고. 숨이 막힐 정도야. 이대로는 잠도 못 잘 것 같아."

언니는 심각하게 호소했다. 나는 포기하고 둘에게서 등을 돌려 소파에 앉았다.

"비파가 아니어도 상관없는 거지? 오렌지든 레몬이든. 그 정도는 편의점에 있을지도 모르니까."

형부는 그렇게 말하면서 자동차 키를 들었다.

"이렇게 비가 쏟아지는데 나간다는 거예요?"

기가 차서 나는 그만 큰 소리로 말하고 말았다.

"비파가 아니면 의미가 없어. 비파의 부드럽고 얇은 껍질과, 금빛으로 빛나는 솜털, 옅은 향을 바라고 있는 거라고. 게다가 그걸 바라는 것은 내가 아니야. 내 안에 있는 '임신'이 바라는 거지. 임신이. 그러니까 나도 어쩔 수가 없어."

언니는 내 목소리를 무시하고 계속 투정을 부렸다. '임신'이란 단어를 마치 징그러운 송충이라도 되듯 불길한 목소리로 발음하면서.

형부는 어떻게든 아내의 마음을 진정시키려고 그녀의 어깨를 껴안고 이런저런 제안을 했다.

"아이스크림은 있는데."

"초콜릿은 어때?"

"내일 백화점 식품 매장에 가볼게."

"니카이도 선생에게서 받은 약 먹고, 오늘은 일단 자자고."

형부는 손에 든 자동차 키를 만지작거리면서 쭈뼛거렸다. 나는 겁에 질린 듯 그녀를 들여다보는 그의 눈빛이 짜증스러웠다.

한밤중에 다 큰 어른 셋이 비파 셔벗 때문에 허둥대는 꼴이

우스꽝스러웠다. 어쩌다 일이 이렇게 되었는지 나는 알 수 없었다. 셋이서 아무리 생각해봐야 비파 셔벗이 나올 구멍은 없었다.

5월 16일 토요일(25주+5일)

때로 언니의 임신과 형부의 관계에 대해 생각한다. 언니의 임신에 그가 미친 작용에 대해서. 만약 그런 것이 있다면.

형부는 여전히 조심스럽게 언니를 쳐다본다. 언니의 마음이 안정감을 잃고 흔들릴 때면 그는 신경질적으로 눈을 깜박거리고 웅얼거리면서 "아아"니 "응"이니 의미 없는 말을 반복하다가 끝내는 이러지도 저러지도 못하고 언니의 어깨를 끌어안는다. 그러고는 이렇게 하는 것이 그녀가 가장 바라는 일이라고 스스로를 납득시키듯 억지로 부드러운 표정을 짓는다.

형부의 그런 시답잖음을 나는 처음부터 알고 있었다. 그를 처음 만난 곳은 치과였다. 언니는 그와 사귀는 동안은 물론 약혼을 하고서도 한 번도 그를 집으로 데리고 오지 않았다. 그래서 나는 오래도록 그를 만나볼 기회가 없었다. 그러던 중에 마침 충치가 생겼고, 언니는 내게 그가 일하는 치과에 가보라고 권했다.

치료를 해준 치과 의사는 수다를 좋아하는 중년 여성으로, 내가 그의 약혼자의 동생이라는 것을 알자 언니에 대해 여러 가지 질문을 해댔다. 그때마다 나는 침이 고여 있는 입을 다 문 채 대답하느라 몹시 지치고 말았다.

금을 덧씌우기 위해 치형을 뜰 차례가 되자, 진료실 안쪽 문을 열고 그가 들어왔다. 기공사인 그는 의사와는 다른 짧은 가운을 입고 있었다. 지금보다 다소 몸이 호리호리하고 머리가 길었다. 내 옆에 서서 흔해빠진 첫인사를 했을 때, 나는 그가 무척 긴장하고 있다는 것을 느낄 수 있었다. 마스크 속에서 들려오는 목소리가 너무 가늘어 제대로 알아들을 수 없었기 때문이다. 묵직한 진료용 의자에 누워 있던 나는 어떤 자세로 인사를 하면 좋을지 몰라, 그를 향해 고개만 숙였다.

"치형을 뜨겠습니다."

그가 정중하게 말하고 내 얼굴 위로 고개를 들이밀었다. 제일 안쪽에 있는 어금니가 말썽이라 나는 입을 있는 대로 쩍 벌려야 했다. 그는 내 입안으로 손을 집어넣고 소독약 냄새가 나는 축축한 손가락으로 잇몸을 더듬었다. 마스크 너머로 숨

소리가 생생하게 들려왔다.

여자 의사는 옆 의자에 누워 있는 환자에게로 자리를 옮겼다. 이를 깎아내는 모터 소리와 함께 그녀의 밝은 목소리가 울렸다.

"이의 색감이 아주 좋은데요."

그가 작업을 계속하면서 말했다. 나는 이의 색감에도 좋고 나쁨이 있는지 알 수 없었지만, 입을 벌린 채로 뭐라 대답하기도 어려웠다.

"그런 데다 치열이 아주 고르군요. 모든 이가 똑바로 잇몸에 박혀 있어요."

그는 계속 중얼거렸다.

"잇몸도 무척 건강하군요. 색이 선명하고 윤기가 있고."

왜 그가 내 입속에 대한 인상을 그렇듯 자세하게 설명하지 않으면 안 되는지 알 수 없었다. 나는 그가 내 이와 잇몸에 대한 묘사를 그만했으면 싶었다.

한 차례 이를 들여다본 그는 동그란 의자에 앉아 약병이 죽 늘어선 운반 카트에서 조그만 유리 트레이를 들었다. 그러고는 거기에 분홍색 가루를 부었다. 뿌연 유리 바닥에 선명한 분홍색이 비쳤다.

거대한 원반형 전등에서 쏟아지는 빛이 닿아 볼이 뜨거웠다. 다이아몬드와 바늘 모양 드릴 끝이 사이드 테이블에 진열돼 있었다. 입을 헹구는 은색 컵에서는 물이 넘쳐흘렀다.

그는 피처처럼 생긴 용기에 담긴 액체를 트레이에 몇 방울 떨어뜨리고 주걱을 힘주어 저었다. 귀 뒤로 축 늘어진 마스크 끈이 흔들렸다. 그의 눈은 진료기록카드와 트레이와 내 이 사이를 분주하게 오갔다.

'언니가 하얀 가운과 마스크에 싸인 이 빈약한 남자와 결혼을 한단 말이지.'

유리 위에서 점차 물엿처럼 응고되는 물체를 바라보면서 나는 생각했다. '결혼'이라는 단어가 부자연스러워서, '언니와 함께 산다', '언니를 사랑한다', '언니를 안는다' 등으로 바꿔 생각해보았지만 그래도 역시 실감은 없었다. 주걱이 유리에 부딪쳐 귀에 거슬리는 소리가 났다. 그는 그런 소리에도 아랑곳하지 않고 트레이 위의 물체를 열심히 휘저었다.

분홍색 가루가 마침내 점토처럼 엉겨 붙었다. 그가 집게손가락과 가운뎃손가락으로 그것을 떠 올리고, 나머지 손가락으로 내 입술을 넓게 벌리면서 어금니에 착 갖다 붙였다. 별다른 맛은 없고 그저 혀에 싸늘한 감촉만 느껴졌다. 그의 손가락 끝이 입안의 점막을 몇 번이나 쓰다듬었다. 나는 그의 손가락과 그 분홍색 덩어리를 힘껏 깨물어버리고 싶었다.

5월 28일 목요일(27주+3일)

언니의 배는 먹으면 먹을수록 불러온다. 지금까지 임신한 여자를 본 적은 있어도 몸이 변화하는 과정을 옆에서 지켜본 적은 없었기에, 나는 흥미롭게 언니를 바라보고 있다.

몸의 변형은 가슴 바로 아래에서 시작된다. 그리고 대담하게 튀어나온 하복부. 만져보면 생각보다 딱딱해서 흠칫 놀란다. 꽉 들어찬 안쪽의 느낌이 생생하게 전해지기 때문이다. 그리고 하복부는 좌우 대칭이 아니라 다소 뒤틀려 있다. 그런 사실까지 나를 설레게 한다.

"지금쯤 태아는 말이지, 눈두덩이 위아래로 갈라지고 콧구멍이 뚫렸을 거야. 남자애 같으면 복강 안에 있던 성기가 내려왔을 테고."

언니는 자신의 아기에 대해 냉정하게 설명한다. 태아니 복강이니 성기니, 엄마에게 어울리지 않는 단어를 사용하는 탓에 그녀의 변형이 유독 그로테스크하게 느껴진다.

태아의 염색체는 순조롭게 증식하고 있을까. 그녀의 튀어 나온 배 속에서 쌍둥이 유충이 줄줄이 꿈틀거리고 있을까. 나는 언니의 몸을 바라보면서 생각한다.

오늘 아르바이트를 하는 곳에서 사소한 사고가 있었다. 손수레에 계란 상자를 한가득 실어 운반하던 점원이 바닥에 떨어진 양상추를 밟으면서 미끄러져 계란을 깨트리고 말았다. 내가 휘핑크림을 판촉하고 있던 자리 바로 옆에서 일어난 일이었다. 눈앞에서 계란이 투둑투둑 떨어졌다. 바닥 여기저기에 깨진 계란에서 흘러나온 노른자위와 흰자위가 흥건했다. 점원이 밟은 양상추 잎에는 운동화 자국이 남아 있었다. 그리고 또 계란 몇 개는 과일 판매대로 떨어져 사과와 멜론과 바나나 껍질을 끈적끈적하게 적셨다.

점장이 상품 가치가 떨어진 그레이프프루트를 주머니 한가득 싸 주었다. 지금 우리 집은 먹을거리가 아무리 많아도 모자라는 지경이라서, 나는 고맙게 받았다.

식탁 위에 그레이프프루트를 늘어놓자 아직도 조금은 계란 냄새가 남아 있는 듯한 느낌이 들었다. 알이 굵직하고 샛노란 미국산 그레이프프루트였다. 나는 그것으로 잼을 만들기로 했다.

껍질을 전부 벗겨내고 과육만 골라내는 작업이 녹록지 않았다. 언니와 형부는 중국 음식을 먹으러 외출하고 없었다. 창밖에서는 조용한 밤이 내려오고 있었다. 때로 칼과 냄비가 부딪치고 그레이프프루트가 뒹굴고 내가 기침을 하는 소리 외에는 아무 소리도 들리지 않았다.

손가락 끝에 과즙이 묻어 끈적거렸다. 부엌의 불빛 아래로 오돌토돌한 과육의 모양이 선명하게 보였다. 뿌린 설탕이 녹아들기 시작하자 과육은 더욱 윤기 있게 빛났다. 귀여운 반원형 알맹이가 냄비 안에 겹겹이 쌓여갔다.

아무렇게나 내던져진 두꺼운 껍질이 어딘가 모르게 얼이 빠진 듯 보였다. 그 껍질에서 하얀 부분을 잘라내고 나머지를 잘게 썰어 냄비에 넣었다. 노란 과즙이 칼날과 손등과 도마에 살아 있는 생물처럼 톡톡 튀었다. 껍질에도 무늬가 있었다. 인간의 몸 어느 부위의 점막을 현미경으로 비춘 것처럼 규칙적인 무늬였다.

나는 냄비를 불에 올려놓고서 한숨 돌리려 의자에 걸터앉았다. 그레이프프루트가 녹아드는 소리가 부글부글 밤 속을 조용히 떠다녔다. 새콤한 냄새가 김과 함께 모락모락 피어올랐다.

냄비 속에서 그레이프프루트 알갱이가 튀는 것을 보면서
나는 언젠가 같은 수업을 듣는 친구에게 등을 떠밀리듯 억지
로 갔던 '지구 오염과 인류의 오염을 생각하는 모임'의 만남
을 떠올렸다. 313호 강의실에서 열렸던 그 모임 자체는 조촐
했지만 학생들은 모두 진지하고 순수했다. 외부 사람인 나는
혼자 구석 자리의 책상에 앉아 캠퍼스에 서 있는 포플러를 바
라보고 있었다.

유행이 다 지난 안경을 낀 야윈 여학생이 산성비인지 뭐인
지에 대해서 의견을 발표했고, 뒤이어 누군가가 몹시 어려운
질문을 했다. 나는 따분해서 모임 초입에 나누어 준 팸플릿을
둥글둥글 말았다. 한 페이지에 미국산 그레이프프루트의 사
진이 실려 있었다.

'위험한 수입 식품!'

'출하 전 세 종류의 독약 세례를 받는 그레이프프루트'

'항곰팡이제 PWH 강력한 발암성 물질 함유. 인간의 염색
체를 파괴한다!'

그때의 한 페이지가 머릿속에서 희미하게 아른거렸다.

껍질과 알맹이가 진득하게 섞여 군데군데 젤리 같은 덩어

리가 생기기 시작할 즈음, 언니와 형부가 돌아왔다. 언니는 바로 부엌으로 들어왔다.

"뭐야, 이 좋은 냄새는?"

그러면서 불을 막 끈 냄비 속을 들여다보았다.

"그레이프프루트로 잼을 다 만들었어. 신기하네."

언니는 말을 채 끝내기도 전에 숟가락을 들고 뜨거운 잼을 듬뿍 떴다.

"비파 셔벗 정도는 아니지."

나는 중얼거렸다. 언니는 못 들은 척하고는 숟가락을 입안에 집어넣었다. 새로 산 임신복을 입고 귀걸이를 하고 왼손에는 핸드백도 든 채였다. 형부는 조금 떨어진 곳에 멀거니 서있었다.

언니는 정신없이 그레이프프루트 잼을 퍼먹었다. 툭 튀어나온 배 탓에, 보란 듯이 뻐기는 것 같아 보였다. 금방이라도 맥없이 부서질 듯한 과육 덩어리가 언니의 목구멍으로 미끄러져 들어갔다.

'PWH가 태아의 염색체도 파괴하려나.'

냄비 속에서 겁을 먹은 듯 파르르 떨고 있는 잼을 보면서 나는 생각했다.

6월 15일 월요일(30주)

장마가 시작되어 종일 비가 내린다. 하늘이 밤낮 가리지 않고 어두운 잿빛으로 물들어 있어 낮에도 불을 끌 수가 없다. 빗소리가 이명처럼 쉬지 않고 머릿속에서 울린다. 정말 여름이 머지않은 것인지 불안할 정도로 싸늘한 비다.

그런데도 언니의 식욕에는 아무런 변화가 없다.

언니는 차근차근 살이 오르고 있다. 배가 부르면서 볼과 목덜미와 손가락과 발목에 지방이 붙기 시작했다. 하얗고 탁하고 탄력 없는 지방이다.

나는 뚱뚱한 언니에 익숙하지 않아, 지방으로 뒤덮인 그녀의 윤곽이 시야에 들어올 때마다 당황스럽다. 언니는 자신의 그런 체형 변화에 아무런 관심도 보이지 않고 오로지 먹고 또 먹을 뿐이다. 그래서 나도 뭐라 말을 할 수가 없다. 언니의 몸이 거대한 종양이 된 느낌이다. 제멋대로 증식하는.

그리고 나는 여전히 그레이프프루트 잼을 만들고 있다. 과일 바구니 속, 냉장고 위, 조미료 통 옆, 부엌 어딘가에 늘 그레이프프루드가 나뒹굴고 있다. 나는 그것들의 껍질을 벗겨내고 알맹이를 꺼내 설탕을 뿌리고 약한 불에 조린다.

잼이 다 만들어지면 언니는 그릇에 옮겨 담을 새도 없이 먹어버린다. 식탁에 올려놓은 냄비를 왼팔로 끌어안고는 열심히 숟가락을 놀린다. 그녀는 잼을 빵에 발라 먹는 것이 아니라 잼 자체를 먹는다. 숟가락과 입의 움직임을 보고 있노라면 마치 카레라이스를 먹고 있는 것처럼 씩씩하다. 저렇게 먹는 것이 과연 잼에 어울릴까 하고 불가사의하게 느껴진다.

나는 언니 바로 앞에 앉아 언니를 바라본다. 시큼한 과즙 냄새와 비 냄새가 섞여 우리 둘 사이에 떠다닌다. 언니는 나를 거의 무시하고 있다. 시험 삼아 갖가지 질문을 해보지만 아무 소용이 없다.

"그렇게 먹고 메슥거리지 않아?"

"이제 대충 그만 먹지?"

내 목소리는 언니의 혀가 잼을 녹이는 소리와 빗소리에 뒤섞여 사라지고 만다.

그녀를 빤히 쳐다보는 까닭은 잼을 그냥 먹는 부자연스러움 때문이 아니라 기형적인 몸 때문인 것 같다. 커다랗게 부푼 배 때문에 몸의 온갖 부분이, 예를 들면 장딴지와 볼, 손바닥과 귓불, 엄지손가락과 손톱과 속눈썹의 균형이 일그러져 있다. 그녀가 잼을 삼키면 목살이 위아래로 천천히 꿈틀거린다.

숟가락 자루가 부어오른 손가락에 자국을 남긴다. 나는 그런 언니의 몸 이 부위 저 부위를 말없이 하나하나 바라본다.

마지막 한 숟가락을 깔끔하게 핥아먹자 언니는 어리광을 부리듯 애처로운 눈빛으로 나를 보면서 중얼거린다.

"이제, 없네."

"내일 또 만들어줄게."

나는 무표정하게 대답한다. 그리고 온 집 안에 있는 그레이 프프루트를 다 잼으로 만들고 나면 아르바이트를 하는 슈퍼 마켓에서 또 사 들고 온다. 그럴 때마다 나는 과일 매장 담당자에게 "이거 미국산 그레이프프루트 맞나요?" 하고 확인한다.

7월 2일 목요일(32주+3일)

어느 틈에 임신 9개월째에 들어섰다. 입덧이 끝난 후로는 하루하루가 더 빨리 지나가는 듯하다. 입덧을 하는 동안 불쾌했던 시간의 앙금을 신나게 씻어버리는 것처럼.

언니는 거의 모든 시간을 먹는 데 소비하고 있다.

그런데 오늘, M 병원에 갔던 언니가 침울한 표정으로 돌아왔다. 체중 과다로 주의를 받은 모양이었다.

"너, 그런 거 아니? 산도라는 곳에 지방이 붙는대. 그래서 너무 살찌면 순산이 어렵다나."

언니는 짜증스럽다는 듯 산모수첩을 내던졌다. '임신 경과' 란에 빨간 글씨로 '체중 제한'이라고 적혀 있는 것이 보였다.

"애를 낳을 때까지 6킬로그램 정도 늘어나는 게 딱 좋대. 나, 틀림없이 난산일 거야."

언니는 한숨을 쉬고 머리칼을 끌어 올렸다. 그녀의 몸무게는 이미 13킬로그램이나 늘어났다.

"어쩔 수 없잖아."

나는 언니의 퉁퉁 부은 손가락을 보면서 중얼거리고는 부엌에 들어가 또 잼을 만들기 시작했다.

나도 모르게 그레이프프루트 잼을 만드는 습관이 붙고 말았다. 아침에 일어나 머리를 빗듯이 나는 잼을 만들고 언니는 그것을 먹는다.

"난산이 그렇게 무서운 건가?"

나는 조리대를 향한 채 물었다.

"무섭지."

언니는 맥없는 목소리로 주저 없이 대답했다.

"요즘은 다양한 종류의 아픔에 대해서 생각해. 지금까지 가장 아팠던 때는 언제였을까, 진통은 말기 암과 두 다리 절단 중 어느 쪽 아픔을 닮았을까 하고 말이야. 아픔을 상상하는 거 굉장히 어렵고 기분 나쁜 일이야."

"그렇겠지."

나는 잼을 휘저으면서 맞장구를 쳤다. 언니는 산모수첩을 꼭 쥐고 있었다. 표지에 인쇄된 갓난아기 그림이 일그러져 울고 있는 것처럼 보였다.

"하지만 더 겁나는 일은 자기가 낳은 아기를 만나야 한다는 거야."

그녀는 튀어나온 배로 눈길을 떨어뜨렸다.

"이 안에서 제멋대로 쑥쑥 자라고 있는 생물이 내 아이라는 것이 도무지 납득이 안 가. 추상적이고 막연하고, 그런데도 절대적이어서 도망칠 수 없어. 아침에 눈을 뜨기 전, 깊은 잠에서 서서히 깨어나는 도중에, 입덧과 M 병원과 이 남산 같은 배, 그런 것 모두가 마치 환영인 것만 같은 순간이 있어. 그 순간, 에이 나 꿈이었잖아 하면서 기분이 후련해져. 그런데 잠에서 완전히 깨어나 내 배를 보면 다시 우울해지는 거야. 그러면 내가 이 아기와의 만남을 두려워하고 있다는 것을 나도 알 수 있어."

나는 등 뒤에서 들려오는 언니의 목소리를 듣고 있었다. 설탕과 과육 덩어리와 잘게 썬 껍질이 노란색으로 녹아들면서 부글부글 끓기 시작했다. 나는 가스 불을 줄이고 큰 숟가락으로 냄비 바닥을 휘저었다.

"두려워할 필요가 뭐 있어. 아기는 그냥 아기지. 녹아내릴 것처럼 보드랍고, 손가락을 늘 동그랗게 움켜쥐고 있고, 애처로운 목소리로 우는 아기, 그뿐이잖아."

숟가락에 엉겨 붙어 소용돌이를 그리는 잼을 보면서 나는 말했다.

"그렇게 단순하고 좋지만은 않다고. 내 안에서 나오면, 싫든 좋든 내 아기잖아. 선택할 자유가 없잖아. 얼굴 반쪽이 뻘겋게 멍 들어 있든, 손가락이 죄 들러붙어 있든, 뇌가 없든, 샴 쌍둥이든……"

언니는 끔찍한 말만 줄줄이 내뱉었다. 숟가락이 냄비 바닥을 긁어대는 둔탁한 소리와 철벅거리는 잼 소리가 함께 들렸다.

'이 안에 PWH가 얼마나 녹아 있을까.'

나는 잼을 내려다보면서 마음속으로 중얼거렸다. 형광등

빛 아래 투명하게 빛나는 잼의 청결함이 화학약품이 담긴 차가운 병을 연상케 했다. 무채색의 유리병 속에서 태아의 염색체를 파괴하는 약품이 찰랑거린다.

"다 됐어."

나는 냄비 손잡이를 꼭 잡고 뒤를 돌아보았다.

"언니, 자 먹어."

나는 잼을 내밀었다. 그녀는 잠시 그것을 바라보다가 말없이 먹기 시작했다.

7월 22일 수요일(35주+2일)

여름방학이 시작되었다. 앞으로도 나는 계속 언니의 임신과 마주해야 하는 것일까.

하지만 임신은 영원한 것이 아니다. 언젠가는 끝난다. 아기가 태어나면 그것으로 끝이다.

나와 언니와 형부 사이에 갓난아기가 더해지는 상황을 상상해보려고 한 적이 있다. 하지만 늘 헛일이었다. 갓난아기를 안아 올리는 형부의 눈빛, 젖을 물리는 언니의 하얀 가슴이 떠오르지 않는다. 떠오르는 것은 고작 과학 잡지에서 본 염색체 사진뿐이다.

8월 8일 토요일(37주+5일)

드디어 산달이다. 이제는 언제 태어나도 상관없다고 한다. 언니의 배는 거의 한계에 도달했다. 그렇게 부풀었는데 내장이 과연 제 기능을 할 수 있을지 걱정스러울 정도다.

한여름의 무더위가 고인 집 안에서 우리 셋은 조용히 기다리고 있다. 언제 찾아올지 모르는 그날을 말없이 기다리고 있다. 언니는 힘겨운 듯 어깨를 들썩거리며 숨을 쉬고, 형부는 호스를 끌어다 마당에 물을 뿌린다. 선풍기가 느릿하게 고개를 젓는 소리만 귀에 들린다.

뭔가를 기다리고 있을 때에는 거의 늘 희미한 두려움과 불안으로 가슴이 아리다. 그 뭔가가 진통일 때에도 그 점은 마찬가지다. 언니의 과민한 신경이 진통으로 갈가리 찢어질 것을 생각하면 겁이 난다. 이 무덥고 조용한 오후가 한없이 계속되었으면 싶다.

그런데 아무리 무더워도 언니는 혀를 델 정도로 뜨거운 잼을 한 입 가득 머금고, 맛도 음미하지 않은 채 꿀꺽꿀꺽 삼킨다. 고개 숙인 옆얼굴이 마치 오열이라도 하는 것처럼 슬퍼 보인다. 울음이 울컥 올라오는데 꾹 눌러 참듯 쉴 새 없이 숟가락을 입으로 가져간다. 그녀 너머로 마당의 초록이 강렬한 햇살에 축 늘어져 있다. 매미 소리가 우리 두 사람을 에워싸고 있다.

"어떤 아이가 나올지 기대된다."

내 중얼거림에 언니가 움직이던 손을 잠시 멈추고 천천히 눈을 깜박거리더니 아무 대꾸도 않고 다시 먹기 시작한다. 나는 상처 난 염색체의 모양을 떠올린다.

8월 11일 화요일(38주+1일)

아르바이트를 하고 돌아오니 식탁 위에 형부가 써놓은 메모가 있었다.

"진통이 시작되어 병원에 갑니다."

나는 그 짧은 메모를 몇 번이나 읽었다. 그 옆에는 잼이 묻어 있는 숟가락이 아무렇게나 놓여 있었다. 나는 그것을 싱크대에 던져 넣고, 이제 뭘 어떻게 해야 하나 하고 생각했다. 그리고 다시 한 번 메모를 읽고서 밖으로 나갔다.

풍경은 온통 빛에 싸여 있었다. 자동차의 앞 유리창과 공원분수의 물방울이 눈부시게 빛났다. 나는 눈을 내리깔고 땀을 닦으면서 걸었다. 밀짚모자를 쓴 꼬맹이 둘이 나를 앞질러 뛰어갔다.

초등학교 정문은 닫혀 있고, 드넓은 교정은 적막했다. 그곳을 지나자 조그만 꽃 가게가 나왔다. 가게를 보는 사람도 손님도 보이지 않았다. 유리 진열장 안에서 안개꽃이 한들한들 흔들렸다.

모퉁이를 돌자 바로 M 병원이었다. 언니가 말한 대로 그곳만 시간이 정지되어 있었다. 오래도록 기억 속에 갇혀 있던 M 병원이 옛날 그대로의 모습으로 눈앞에 있었다. 문 옆에는 거대한 녹나무가 서 있고, 유리 현관문은 뿌옇게 때가 끼어 있고, 간판의 글자는 벗겨져가고 있었다. 사람의 기척은 없고 내 그림자만 길 위에 또렷하게 새겨져 있었다.

울타리를 따라 뒤로 돌아가면 망가진 부엌문이 있을 것이다.

'아마 그 부엌문도 망가진 채로 있겠지.'

왠지 나는 선명하게 기억해낼 수 있었다. 그리고 과연 문은 경첩 하나가 떨어져 나간 채였다.

못에 옷이 걸리지 않도록 조심하면서 문틈으로 살짝 들어가자, 그곳은 잔디가 깔린 안뜰이었다. 깔끔하게 손질된 부드러운 초록을 살며시 밟으니, 그 옛날 두근거렸던 가슴의 고동이 되살아났다. 나는 손바닥으로 이마에 돋은 땀을 닦아내고 M 병원을 올려다보았다. 유리창이 한꺼번에 빛나 눈이 아팠다.

천천히 건물로 다가가자 창틀에서 페인트 냄새가 풍겼다. 사람은 그림자도 없고 바람도 없고, 나 외에 움직이는 것은 하나도 없었다. 종이 상자가 없어도 나는 손쉽게 진찰실 안을 들여다볼 수 있었다. 의사도 간호사도 없었다. 그곳은 방과 후의 실험실처럼 어두컴컴했다. 나는 눈을 찌푸리고 약병과 혈압계와 거꾸로 선 태아를 치료한다는 포스터와 초음파 장치를 하나하나 확인했다. 이마에 닿는 유리창이 뜨뜻미지근했다.

어디선가 희미하게 갓난아기의 울음소리가 들린 듯한 기분이 들었다. 반짝이는 태양 저 너머에서, 눈물에 젖어 파르르 떠는 울음소리가 울렸다. 귀를 기울이자, 그 소리는 곧바로 고막으로 빨려 들어왔다. 귓속이 따끔거렸다. 나는 3층으로 눈길을 돌렸다. 속옷 차림의 여자가 먼 곳을 바라보고 있었다. 어깨의 곡선이 유리창에 비쳤다. 풀어헤친 머리칼이 볼을 가리고 표정에 어두운 그림자를 드리워, 그 여자가 언니인지는 알 수 없었다. 그녀는 칙칙한 색깔의 입술을 살짝 벌리고 눈을 깜빡거렸다. 눈물을 흘릴 때처럼, 허망한 깜박거림이었다. 눈을 찌푸리고 다시 잘 보려는데, 유리창에 반사된 햇살이 시야를 가리고 말았다.

나는 갓난아기의 울음소리를 따라 비상계단을 올라갔다. 한 걸음 한 걸음 발을 내디딜 때마다 나무 계단이 중얼거리듯 삐걱거렸다. 더워서 몸은 축 늘어져 있는데 난간을 잡은 손바닥과 갓난아기의 울음소리가 빨려 들어오는 귓속은 싸늘했다. 잔디밭이 서서히 발치에서 멀어지고 햇살은 그만큼 짙고 강렬해졌다.

갓난아기는 끝없이 울어댔다. 3층의 문을 열자 바깥의 밝음이 순식간에 가려져 현기증이 일었다. 파도처럼 밀려오는 울음소리에 온 신경을 집중하고 잠시 서 있었더니, 안쪽으로 뻗어 있는 어두컴컴한 복도가 보였다. 나는 파괴된 언니의 갓난아기를 만나기 위해 신생아실로 걸음을 옮겼다.

기숙사

"이 기숙사는 한없이 절대적인 지점을 향해서 변성을 계속하고 있어요. 지금은 그 도중이지요. 변성에는 어느 정도의 시간이 필요합니다. 스위치를 끄고 켜는 것처럼 순식간에 변화하지 않지요. 이 기숙사의 공기는 점점 일그러지고 있어요. 하지만 아마, 느낄 수 없을 테지요. 그 일그러짐에 휘말린 인간만이 알 수 있으니까요. 내가 어디를 향하고 있는지 알아차렸을 때는 이미 돌이킬 수 없는 곳까지 와 있는 겁니다. 되돌아갈 수는 없어요."

「ドミトリイ」《가이엔海燕》1990년 12월호

내가 그 소리의 존재를 알아차린 것은 그리 먼 과거가 아니다. 그렇다고 최근 일인가 하면, 분명히 그렇다고도 할 수 없다. 과거로 똑바로 이어지는 시간 감각의 띠에 한 군데만 유독 어렴풋한 부분이 있고, 소리는 그곳에 몸을 죽이고 있다. 어느 순간 문득 알아차렸을 때, 나는 이미 그 소리를 듣고 있었다. 언제, 어디에서 왔는지는 알 수 없다. 투명한 샬레 속에서 미생물이 어느 날 갑자기 정교한 반점 무늬를 그려내듯, 소리는 그렇게 불쑥 찾아왔다.

하지만 그 소리를 들을 수 있는 것은 어느 한정된 순간뿐이다. 언제든 듣고 싶을 때 들을 수 있는 것은 아니다. 늦은 밤,

마지막 노선버스를 타고 가면서 거리의 불빛을 바라보다가 들은 적도 있고, 곰팡내 나는 박물관 입구에서 우울하게 고개 숙인 여자로부터 입장권을 받아 들면서 들은 적도 있었다. 소리는 늘 느닷없이 제멋대로 나타난다.

다만 한 가지 공통점이 있다면, 소리가 들릴 때면 나의 마음은 늘 과거의 어느 특별한 장소로 향하고 있다는 것이다. 그리고 아스라한 가슴의 통증이 따른다. 그곳에 서 있는 것은 낡은 학생 기숙사다. 철근 콘크리트로 지은 3층짜리 건물로 소박한 외양에 그리 크지도 않다. 칙칙한 유리창과 누렇게 얼룩진 커튼과 금이 간 외벽에서 건물의 나이가 전해진다. 학생 기숙사이지만 학생을 연상시키는 것, 오토바이나 테니스 코트, 운동화 따위는 하나도 보이지 않는다. 그저 건물의 윤곽만 뚜렷하게 존재한다.

그러나 폐허와는 다르다. 부서져 내리는 콘크리트 속에 사람의 숨결이 깃들어 있다는 것을 분명하게 감지할 수 있기 때문이다. 그 숨결의 따스함과 리듬이 소리 없이 내 피부에 스며든다.

그 기숙사에서 나온 지 6년이 넘었는데 이렇게 리얼하게 떠올릴 수 있는 것은 아무래도 불쑥불쑥 찾아오는 그 소리 탓일 것이다.

소리가 들리는 것은 내 마음이 그 기숙사로 거슬러 올라가는 동안의 아주 짧은 순간이다. 머릿속이 눈 덮인 드넓은 초원처럼 새하얘지면서 저 높은 하늘 끝에서 무슨 소리가 조용히 울린다. 아니 그것을 소리라고 단언해도 좋을지, 나는 자신이 없다. 어쩌면 진동, 흐름, 욱신거림이란 표현이 더 적합할지도 모르겠다. 아무리 신경을 곤두세워도 나는 그 정체를 파악할 수 없다.

아무튼 그 소리에 관해서는 음원이든 음색이든 울림이든 아무것도 정확한 것이 없어 뭐라 말할 수가 없다. 그런데도 때로 그 모호함 때문에 불안해서 어떻게든 무언가에 비유해 보려고 한다. 겨울날 분수 바닥으로 떨어진 동전이 물 한 방울과 부딪쳐 내는 소리, 회전목마를 타다가 내렸을 때 달팽이관 속에서 림프액이 떠는 소리, 애인에게서 걸려 온 전화를 끊고서도 여전히 수화기를 들고 있는 손바닥으로 한밤중이 지나가는 소리…… 그러나 그런 비유로 과연 몇 명이나 그 소리를 이해할 수 있을까.

싸늘한 바람이 불어오는 이른 봄의 오후, 사촌 동생에게서 전화가 걸려 왔다.

"저, 갑자기 전화드려서 미안한데요."

처음에 나는 그가 누구인지 알지 못했다.

"너무 오랜만이죠. 15년 가깝게 만나지 못했으니까 잊어버렸을지도 모르겠지만, 아무튼 저, 어렸을 때 누나 사랑 많이 받았어요."

그는 자신에 대해 뭐라 설명하면 좋을지 몰라 머뭇거리는 듯했다.

"설날이나 여름방학 때, 시골 외할머니 집에서 놀아주었던, 사촌 동생……"

그 말을 듣고서야 나는 겨우 그를 떠올렸다.

"어머나, 정말 오랜만이네."

나는 뜻하지 않은 사람에게서 걸려 온 전화에 놀라 그렇게 말했다.

"네."

사촌 동생은 안심했다는 듯 크게 한숨을 내쉬었다. 그리고 다시 정중하게 말을 꺼냈다.

"오늘 제가 전화를 드린 건, 한 가지 부탁드릴 게 있어서예요."

나는 그가 놓여 있는 상황을 금방은 이해할 수 없었다. 나이가 한참 아래인 사촌 동생이 15년 동안이나 소식이 없다가 갑자기 전화를 걸어 부탁할 게 있다고 한다. 그런 사실 하나하나를 음미해볼 시간이 필요했다. 그러나 아무리 생각해봐도 그를 위해 내가 할 수 있는 일이 무엇일지 짐작이 가지 않았다. 나는 할 수 없이 그가 말을 꺼내기를 기다렸다.

"실은 저, 4월에 대학생이 됩니다."

"어머, 그렇게 컸어?"

나는 감정을 있는 그대로 큰 소리로 표현했다. 마지막으로 본 것이 아마 그가 네 살 때였을 것이다.

"그래서 살 곳을 찾아야 하는데, 그게 쉽지 않아서요. 그런데 갑자기 누나 생각이 났어요."

"내가?"

"네. 누나가 아주 좋은 기숙사에 있었다는 거요."

나는 또다시 기억을 끌어당겨야 했다. 내가 열여덟 살에서 스물두 살이 될 때까지 지냈던 학생 기숙사는 사촌 동생과 놀았던 기억만큼이나 멀리로 밀려나 있었다.

"그런데 내가 기숙사에 있었다는 건 어떻게 알았어?"

"아, 네. 떨어져 있어도 친척들 사이에 도는 이야기 같은 게 있으니까."

사촌 동생은 그렇게 대답했다.

그곳은 정말 좋은 기숙사였는지도 모른다. 특정한 사상이나 방침 또는 규칙에 구애받지 않으면서도 조심스럽고 차분한 분위기를 유지했다. 그리고 이익 추구에도 전혀 관심이 없는 듯 보였다. 기숙사비가 놀랄 만큼 쌌으니까.

그 기숙사는 기업도 법인도 아닌 개인이 운영했다. 그러니까 기숙사보다는 하숙집이란 표현이 적절할지도 모르겠다. 그래도 그곳은 어디까지나 학생 기숙사였다. 천장이 높은 현관 홀, 복도의 벽을 따라 죽 뻗어 있는 난방용 파이프, 안뜰에 벽돌을 쌓아 만든 조그만 화단, 그런 풍경 하나하나가 학생 기숙사라는 단어의 울림과 더없는 조화를 이루고 있었다. 하숙집이란 단어에서는 절대 그런 풍경을 떠올릴 수 없다.

"하지만 방이 좁아. 역에서도 멀고 굉장히 낡았는데. 내가 졸업한 지도 벌써 오래되었고."

나는 우선은 부정적인 요소를 늘어놓았다.

"괜찮아요. 그런 건 신경 쓰지 않으니까. 전 그냥 싸기만 하면 돼요."

사촌 동생은 단호하게 말했다. 내게는 삼촌이었던 그의 아버지는 그가 어린 시절에 병으로 돌아가셨다. 그 죽음은 우리 사이가 소원해진 계기이기도 했다. 그러니까 그가 돈에 신경을 쓰는 것은 어쩔 수 없는 일이다.

"알겠어. 경제적인 면에서 보면 그곳이 최선일 거야. 걱정 마."

"그래요?"

사촌 동생은 다행이라는 듯 말했다.

"내가 그 기숙사에 연락해볼게. 인기가 없어서 방이 늘 비어 있었으니까, 아마 안 받아주는 일은 없을 거야. 장사가 안돼서 망했을 가능성은 있지만. 아무튼 지낼 곳이 정해질 때까지는 우리 집에 있으면 되니까, 언제든 오고 싶을 때 와."

"고맙습니다."

전화기 저편에서 그가 웃고 있다는 것을 느낄 수 있었다.

이렇게 나는 그 학생 기숙사와 다시 인연을 맺게 되었다.

우선은 그 기숙사에 전화를 걸어봐야 했다. 하지만 전화번호를 까맣게 잊고 말았다. 나는 불안한 심정으로 직업별 전화번호부를 뒤적였다. 그렇게 규모가 작은 학생 기숙사가 전화번호부에 실려 있을지 걱정스러웠다. 그런데 용케 실려 있었다.

냉난방, 보안 시스템, 스포츠 센터, 방음 피아노실 완비. 각방 욕실, 화장실, 전화, 벽장, 도심의 녹음에 둘러싸인 최고의 환경……

화려한 광고 문안 사이에 딱 한 줄, 전화번호만 외로이 인쇄되어 있었다.

전화를 받은 사람은 선생님이었다. 그는 기숙사의 경영자이며 동시에 관리인이었다. 그리고 기숙생들로부터 선생님이라 불렸다. 전통적으로.

"저, 그곳에 4년 동안 신세를 지다가 6년 전에 졸업한……"

이름을 말하자 선생님은 금방 내 기억을 되살려주었다.

그의 말투는 옛날과 조금도 변함이 없었다. 나는 그 인상적인 말투로 그의 이미지를 기억하고 있었던 터라, 목소리가 여전한 데 내심 안도했다. 그는 심호흡을 하듯 천천히 숨을 내쉬면서 쉰 목소리로 얘기한다. 그 깊은 숨의 심연으로 빨려들어가는 것은 아닐까 걱정스러울 만큼, 허망한 목소리다.

"실은 이번 봄에 대학에 입학하는 사촌 동생이 하숙집을 찾고 있는데, 그 기숙사에 들어갈 수 없을까 해서요."

나는 짧게 용건을 말했다.

"그래요……"

선생님은 그렇게 웅얼거리고는 한숨을 쉬었다.

"받을 수 없는 무슨 사정이라도?"

"아니, 그런 건 아니에요."

선생님은 또 말을 삼켰다.

"혹시, 기숙사 운영을 그만두셨나요?"

"그렇지는 않아요. 기숙사는 지금도 있어요. 나는 이곳밖에 살 곳이 없으니까, 내가 있는 한 기숙사도 제 기능을 하지요."

그는 '기능'이란 단어를 힘주어 말했다.

"다만, 그 방식이랄까 구조랄까, 그런 게 옛날하고는 달라졌어요."

"구조, 요?"

"네. 뭐라고 설명을 하면 좋을지 나도 잘 모르겠지만, 아무튼 지금 상황이 아주 복잡하고 곤란합니다."

선생님이 수화기 속에서 잔기침을 했다. 기침 소리를 들으면서 나는 학생 기숙사가 놓여 있는 복잡하고 곤란한 상황이 어떤 것일지를 생각해보았다.

"구체적으로 설명하자면, 우선은 기숙생 수가 극단적으로 줄어들었어요. 그쪽이 있었을 때에도 빈방은 있었지만, 그에 비할 수가 없을 정도입니다. 그래서 식당을 운영하지 못하고 있어요. 식당에서 일했던 요리사, 기억납니까?"

길쭉하고 좁은 부엌에서 묵묵히 일하던 요리사의 모습을 떠올리면서 나는 "네" 하고 대답했다.

"그가 식당 일을 그만두었습니다. 아쉬운 일이죠. 요리 솜씨가 정말 좋았는데…… 그리고 공동 목욕탕도 매일 사용할 수가 없어요. 격일로 물을 끓이니까요. 세탁소와 술집에서도 이제 배달을 해주지 않습니다. 꽃놀이, 크리스마스 파티 같은 행사도 전부 폐지되었고요."

선생님의 목소리가 점차 기운을 잃어갔다.

"그런 유의 변화라면, 기숙사의 상황에 큰 영향은 끼치지 않을 것 같은데요. 복잡하고 곤란할 일 없잖아요."

나는 그를 격려하는 심정으로 말했다.

"그렇죠, 맞는 말입니다. 이런 구체적인 변화 자체는 별 의미가 없죠. 지금까지는 내가 반드시 전달해야 하는 사항의 가장 바깥쪽에 있는, 말하자면 두개골 같은 것입니다. 문제의 본질은 대뇌 속에 있는 소뇌 속의 솔방울샘, 그 속에 있는 골수에 숨겨져 있죠."

선생님은 단어를 신중하게 골라가며 말했다. 나는 초등학교 때 과학 교과서에 실려 있었던 '뇌의 구조'를 떠올리면서 기숙사가 놓여 있는 상황을 이해하려 했지만, 헛일이었다.

"더 이상 뭐라 말할 수가 없군요. 아무튼 이 기숙사는 어떤 특수한 변화를 겪고 있습니다. 하지만 그쪽의 사촌처럼 입사를 희망하는 사람을 거부하는 유의 변성은 아닙니다. 그러니 사양 말고 오세요. 사실 내게는 고마운 일이죠. 그래도 그쪽이 이 기숙사를 기억해줘서 말이에요. 사촌 동생에게 호적등본과 대학입학증명서를 가지고, 아, 그리고 보증인의 서명을 첨부해서 오라고 전해주세요."

"네."

나는 애매한 기분으로 대답하고 수화기를 내려놓았다.

그해 봄에는 구름 낀 날이 많았다. 날마다 하늘이 차가운 유리에 싸여 있는 것 같았다. 공원의 시소도, 역 앞 광장에 있는 꽃시계도, 주차장의 자전거도 칙칙한 빛에 갇혀 있었다. 아무리 시간이 흘러도 거리가 겨울의 흔적에서 벗어나지 못했다.

내 생활 역시 제자리걸음 하는 계절에 휘말려 같은 곳을 맴돌고 있었다. 아침에 눈을 뜨면 최대한 시간을 벌려는 듯 침대 속에서 멍하니 시간을 보내고는 아침을 간단히 만들어 먹었다. 낮에는 거의 늘 패치워크를 했다. 식탁 위에 온통 천 조각을 늘어놓고 한 장 한 장 이어가는 단순한 작업이었다. 저녁 역시 간단하게 먹었다. 밤에는 내내 텔레비전을 보았다. 아무런 약속도 기한도 예정도 없었다. 불어터진 것처럼 실체가 없는 하루하루가 끝없이 지나갔다.

나는 지금, 생활에 관계된 모든 성가신 일들을 유보해놓은 상태다. 남편이 해저유전의 파이프라인 건설을 위해 스웨덴에 가 있기 때문이다. 남편이 그곳 생활에 자리를 잡고 불러줄 때까지 나는 일본에서 기다리기로 했다. 갑작스럽게 찾아온 이 진공 같은 시간 속에서 나는 누에처럼 웅크리고 있다.

스웨덴은 어떤 나라일까 하고 생각하면, 때로 불안해진다. 스웨덴의 식료품, 스웨덴의 텔레비전 프로그램, 스웨덴 사람들의 생김새, 그런 것들을 나는 전혀 알지 못한다. 그렇게 추상적인 장소로 이동해야 하는 불안함을 생각하면 지금의 유예 기간이 조금이라도 오래 지속되었으면 싶다.

어느 날 밤, 봄 태풍이 몰아치면서 번개가 쳤다. 지금까지 경험해본 적이 없을 만큼 천둥소리가 격렬했다. 소리가 너무 커서 처음에는 환상적인 꿈을 꾸는 기분이었다. 군청색 밤 속으로 짧은 빛이 몇 차례나 내달리고, 그때마다 유리로 된 그릇장이 쓰러지면서 산산조각이 나는 듯한 소리가 났다. 멀리서 똑바로 울려오는 천둥소리가 우리 집 지붕 바로 위에서 작렬했고, 그 여운이 가시기도 전에 또 그다음 천둥이 작렬했다. 한없이 이어지는 천둥소리가 마치 손으로 잡을 수 있을 것처럼 가까이에서 들렸다.

태풍은 좀처럼 지나가지 않았다. 나는 침대 속에서 바닷속이란 착각이 들 만큼 깊은 어둠을 바라보았다. 가만히 숨을 죽이고 있자니 어둠이 파르르 떨고 있다는 것을 알 수 있었다. 어둠의 입자가 겁에 질린 듯 허공에서 부딪쳤다. 나는 혼자였지만 조금도 무섭지 않았다. 태풍 속에서 오히려 마음이 편안했다. 그것은 자신이 어딘가 멀리로 실려 가는 듯한 편안함이었다. 이 태풍이 혼자서는 도저히 갈 수 없는 먼 장소로 나를 데려다줄 것만 같은 기분이 들었다. 그곳이 어디인지는 알 수 없었다. 다만 모든 것이 정지되어 있는, 혼탁함이 없는 장소라는 것은 감지할 수 있었다. 나는 횡횡 몰아치는 바람소리를 들으면서 어둠을 응시하고 그 먼 장소를 보려고 했다.

그다음 날, 사촌 동생이 찾아왔다.

"잘 왔어."

그만 한 나이의 청년과 얘기를 나눠본 지가 너무 오래라, 나는 그렇게 말하고는 뭐라 말을 이으면 좋을지 몰랐다.

"신세 좀 질게요."

사촌 동생은 그렇게 말하며 고개를 숙였다.

그는 키가 상당히 컸다. 목덜미와 손가락과 팔의 길쭉한 선이 눈 속에서 언제까지고 사라지지 않았다. 그 선을 균형 잡힌 근육이 감싸고 있었다. 하지만 가장 인상적인 것은 그의 미소였다. 그는 왼손 집게손가락으로 은색 안경테를 만지작거리면서 고개를 약간 숙인 채 살며시 미소 지었다. 손가락 사이로 부드러운 숨결이 어렴풋이 새어 나왔다. 그것은 분명 미소이기는 한데, 내리깐 속눈썹 때문에 애틋한 한숨처럼 느껴진다. 그가 미소 지을 때마다 나는 미세한 표정 변화도 놓치지 않으려고 그를 빤히 쳐다보게 된다.

우리는 주춤주춤 얘기를 시작했다. 그는 어머니의 근황과 네 살에서 열여덟 살 사이에 생긴 일들을 대충 얘기하고, 나는 남편이 지금 집에 없는 이유를 얘기했다. 처음에는 얘기와 얘기 사이에 긴 침묵의 시간이 있었다. 나는 그 침묵을 견딜 수 없어 별 의미도 없이 "응. 응" 하며 고개를 끄덕이고 헛기침을 했다.

그런데 할머니 댁에서 지냈던 어린 시절 추억이 화제에 오르자 내 안에서 점차 말이 샘솟았다. 사촌 동생은 둘이서 지냈던 장소를 놀라우리만큼 또렷하게 기억하고 있었다. 전후 관계와 줄거리 자체는 거의 공백에 가까웠지만, 장면 하나하나의 색채는 선명하게 기억에 새기고 있었다.

"툇마루에서 할머니랑 깍지콩 줄기를 벗기다 보면 가재가 마당으로 기어 오곤 했죠."

사촌 동생은 시골에서 보낸 여름날의 오후를 얘기했다.

"그래."

그의 말을 실마리로 내 오랜 기억이 술술 풀려나왔다.

"가재를 보면 나는 늘, 누나 잡아줘! 하고 소리를 질렀고요."

"맞아. 내가 이거 먹을 수 있는 거라고 하니까, 너는 무슨 소린지 모르겠다는 듯이 어리둥절해하면서, 이거 살아 있지 않냐고 했지. 죽은 것만 먹을 수 있다고 생각했나 봐."

그가 소리 내어 웃었다.

"누나가 부글부글 끓는 물속에다 가재를 집어넣으면, 가재는 한바탕 버둥거리면서 집게 나리로 냄비를 긁다가 잠시 후면 조용해졌죠. 그럼 칙칙하던 붉은색이 반짝반짝 빛나는 순수한 붉은색으로 변했어요. 나는 어두컴컴한 부엌에서 가재가 음식으로 변하는 과정을 재미나게 바라보곤 했죠."

그렇게 우리는 서로가 공유하고 있는 무수한 장면을 확인했다. 특히 얘기하는 도중에 그가 그 인상적인 미소를 띠면 나는 점점 더 기분이 느긋해졌다.

그가 거의 아무것도 들고 오지 않아 기숙사 생활에 필요한 자잘한 생필품들을 사야 했다. 우리는 리포트 용지에 쇼핑 목록을 작성하고, 중요한 순서대로 번호를 매기고 한정된 예산 안에서 최대한 많은 것을 살 수 있도록 계획을 세웠다. 예산이 부족해서 많은 것을 제외하고, 어떻게 하면 그것들을 보충할 수 있을지 머리를 짰다. 그리고 보다 싸고 질 좋은 물건을 찾아내기 위해 온갖 정보를 뒤지고 온 도쿄를 돌아다녔다. 예를 들어 목록에서 1순위인 자전거는 반나절 동안 자전거 가게를 다섯 군데나 돌아다니면서 가장 튼튼하고 싼 중고품을 구입했고, 책꽂이는 우리 집 창고에 있는 것을 페인트를 새로 칠해 쓰기로 했고, 교과서나 참고서는 입학 선물로 내가 사주기로 했다.

이렇게 소박한 쇼핑은 나의 마음을 푸근하게 하고 우리 둘 사이를 보다 정겹게 해주었다. 목록 하나하나가 해결될 때마다 우리는 공통의 목표를 달성한 기쁨에 젖을 수 있었다. 그 목표가 사소한 것이어서 우리는 더욱 평화로울 수 있었다.

누에처럼 꾸벅꾸벅 잠들어 있던 생활이 다시금 고동치기 시작했다. 나는 사촌 동생을 위해 정성스럽게 음식을 만들었고, 쇼핑을 할 때는 꼭 따라다녔고, 도쿄 구경도 시켜주었다. 대신 만들다 만 패치워크는 둘둘 말린 채 바구니 속에서 잠에 빠졌다. 눈 깜빡할 사이에 닷새가 지나갔다.

기숙사 입사 신청을 하는 날이 왔다. 우리는 전철을 세 번이나 갈아타고 한 시간 반이나 걸려 도쿄 어귀에 있는 조그만 역에 도착했다.

대학을 졸업하면서 기숙사에서 나온 이후 그 역에 내리기는 처음이었다. 전체적인 분위기는 6년 전이나 별다르지 않았다. 개찰구에서 빠져나오면 곧바로 비스듬한 경사로가 있고, 파출소 입구에는 젊은 경찰이 서 있고, 고등학생이 자전거를 탄 채로 상점가 안을 지나가는 평범한 거리였다.

"기숙사 선생님, 어떤 분인데요?"

번잡한 역 앞을 지나 주택가로 들어서자 사촌 동생이 물었다.

"어, 사실은 나도 잘 몰라."

나는 솔직하게 대답했다.

"기숙사를 경영하는 사람이란 건 분명한데. 하지만 그 경영이란 말이 적절한지는 의문이다. 돈을 버는 것 같지는 않으니까. 그렇다고 무슨 종교적인 의도가 있다거나 회사의 세금 대책으로 하는 것도 아니고. 그렇게 넓은 땅을 왜 좀 더 효율적으로 사용하지 않는 건지."

"저처럼 가난한 학생에게는 고마운 일이지만. 역시 일종의 봉사 정신 아닐까요?"

"글쎄."

길에서 쌍둥이 초등학생이 배드민턴을 치고 있었다. 누가 누구인지 구별할 수 없을 만큼 완벽한 쌍둥이였다. 둘 다 여간해서는 공을 떨어뜨리지 않았다. 공이 좌우 대칭으로 깔끔하게 오갔다. 아파트 베란다에서는 여자가 아기 이불을 널고 있었다. 공업 고등학교의 운동장에서는 알루미늄 배트 소리가 울려왔다. 봄날의 한가로운 오후였다.

"선생님도 기숙사에 살아. 학생들하고 똑같은 좁은 방에서. 특별하게 꾸며놓은 것도 없고. 거기서 혼자 살아. 무슨 사정이 있는지는 모르겠지만, 가족은 없는 것 같았어. 사진을 보여준 적도 없고, 누가 찾아오는 일도 없었으니까."

"몇 살이나 되었는데요?"

사촌 동생이 그렇게 물었을 때에야 나는 선생님의 나이에 대해서는 지금까지 한 번도 생각해본 적이 없다는 것을 알았다. 선생님의 얼굴을 그려보았지만, 그리 젊지는 않다는 애매한 느낌밖에 떠오르지 않았다. 그리고 그 느낌은 가족은 물론 사회적 위치와 나이, 그 어떤 것과도 연결돼 있지 않았고 그 어디에도 포함돼 있지 않았다.

"인생의 절반은 지났을 거야, 아마."

할 수 없이 나는 그렇게 대답했다.

"아무튼 선생님에 대해서는 모르는 게 너무 많아. 기숙사에 살면서도 그와 얼굴을 마주할 기회는 별로 없었으니까. 기숙사비를 낼 때나, 층계참에 전구가 나갔다거나, 세탁실에서 수돗물이 샌다는 말을 하러 갈 때뿐이었어. 하지만 걱정할 거없어. 이상한 사람은 절대 아니니까."

"네."

사촌 동생은 고개를 끄덕였다.

태풍이 몰아쳤던 밤을 경계로 봄이 단숨에 찾아왔다. 하늘은 여전히 찌뿌드드하지만 부는 바람에서는 따스한 기운이

확연하게 느껴졌다. 사촌 동생은 입사 서류가 들어 있는 종이 봉투를 옆구리에 끼고 있었다. 어딘가 먼 곳에서 새가 지저귀었다.

"한 가지, 깜박 잊고 말 안 한 게 있는데."

나는 내내 마음에 걸렸지만 미처 말하지 못한 사실을 전했다. 사촌 동생은 고개를 갸우뚱하고 나를 내려다보면서 다음 말을 기다렸다.

"선생님은 양팔과 한쪽 다리가 없어."

그렇게 말한 후, 짧은 침묵의 시간이 흐르고 사촌 동생이 매끄러운 목소리로 내 말을 반복했다.

"양팔과 한쪽 다리가 없다……"

"응. 오른쪽 다리밖에 없다는 표현이 더 간결하려나."

"왜요?"

"그건 몰라. 무슨 사고를 당했겠지. 기숙생들 사이에서도 소문이 많았어. 압착기에 끼였다느니, 교통사고를 당했다느니. 그렇다고 무슨 일이 있었느냐고 물어볼 수는 없잖아. 양팔과 한쪽 다리가 절단된 이유가 슬프지 않을 리 없으니까."

"그렇죠."

사촌 동생은 발치로 시선을 떨어뜨리고 작은 돌멩이를 걷어챘다.

"하지만 선생님은 혼자서도 뭐든 할 수 있어. 식사도 옷을 갈아입는 것도 외출도. 병따개도 사용할 수 있고, 재봉틀질도 해. 그러니까 양팔과 한쪽 다리가 없다는 사실에도 금방 무감각해질 거야. 그를 보고 있으면 그런 결함 따위는 아무것도 아니라는 생각이 드니까. 그냥, 아무것도 모르는 상태에서 선생님을 만났다가 깜짝 놀라면 안 될 것 같아서 얘기하는 거야."

"하긴, 그러네요."

사촌 동생은 또 톡 하고 잔돌을 걷어챘다.

우리는 모퉁이를 몇 번 돌고 횡단보도를 건너 비탈길을 올라갔다. 쇼윈도에 유행이 다 지나간 가발을 전시해놓은 미장원과 '바이올린 교습합니다'라고 손으로 쓴 간판을 내건 큰 집과, 흙냄새가 풍기는 주말 농장을 지나쳤다. 모든 것이 기억에 있는 풍경이었다.

더는 만날 일이 없을 줄 알았던 사촌 동생과 이 그리운 풍경 속을 함께 걷다니, 기분이 묘했다. 사촌 동생이 조그만 남자아이였던 시절의 기억과 기숙사에 살았던 시절의 기억이 수채 물감처럼 자연스럽게 뒤섞였다.

"혼자서 사는 거, 어떤 느낌일까요?"

사촌 동생이 중얼거리듯 불쑥 말했다.

"걱정돼?"

내가 묻자 그는 고개를 저었다.

"아니요, 걱정은 안 해요. 그냥, 속으로 좀 긴장하고 있나 봐요. 제 주위에서 뭔가 상황이 바뀔 때면 늘 이런 기분이 들거든요. 아빠가 돌아가셨을 때도 그랬고, 좋아하는 여자애가 전학을 갔을 때도, 예뻐하던 병아리가 도둑고양이에게 잡아먹히는 현장을 목격했을 때도 그랬고."

"그래. 혼자 산다는 거, 어쩌면 무언가를 잃었을 때의 기분하고 비슷할지도 모르겠다."

나는 그를 올려다보았다. 똑바로 먼 곳을 응시하는 그의 옆얼굴 너머로 뿌연 하늘이 펼쳐져 있었다. '아직 이렇게 젊은데, 병아리와 좋아했던 여자애와 아버지, 그런 소중한 것들을 벌써 잃었네' 하고 나는 생각했다.

"하지만, 혼자 사는 게 아무리 외롭다고 해도 그 때문에 슬퍼지지는 않잖아. 그 점이 바로 무언가를 잃었을 때하고 다른 부분. 가령 내가 손에 쥐고 있던 모든 것을 잃어버려도 나 자신은 남잖아. 그러니까 자신을 믿고, 혼자라는 것을 슬퍼하지는 마."

"알 수 있을 것 같아요."

사촌 동생이 말했다.

"그러니까 긴장할 거 없어."

내가 그의 등을 톡톡 치자, 사촌 동생은 안경테를 손가락으로 누르면서 내 마음을 찡하게 울리는 그 인상적인 미소를 보여주었다.

이렇게 우리는 침묵 사이사이로 얘기를 나누면서 기숙사로 갔다. 하지만 선생님의 신체 외에도 여전히 신경이 쓰이는 게 한 가지 남아 있었다. 나는 "이 기숙사는 어떤 특수한 변화를 겪고 있습니다"라는 선생님의 말을 떠올리면서 사촌 동생에게 뭐라 전하면 좋을까 하고 생각했다. 그러나 대답을 찾지 못한 채 마지막 모퉁이를 돌아 기숙사에 도착하고 말았다.

기숙사는 과연 퇴락한 모습이었다.

외형적인 변화는 별로 없었지만, 현관문의 손잡이와 비상계단의 난간, 옥상의 텔레비전 안테나, 그런 자잘한 것들이 모두 녹슬고 망가져 있었다. 하지만 내가 졸업한 후의 세월을 감안하면 그 정도의 변화는 당연한 것인지도 모른다. 다만 이

곳을 짓누르고 있는 고요함에는 뭐라 형용할 수 없는 깊은 힘이 담겨 있었다. 봄방학이어도 그렇지 그 고요함은 절망적이리만큼 철저했다.

나는 반가움보다는 그 고요함에 압도되어 문 앞에 선 채 한동안 움직이지 못했다. 마당에는 잡초가 무성하고, 자전거 주차장 구석에는 헬멧이 떨어져 있었다. 바람이 불면 잡초가 속삭이듯 술렁술렁 흔들렸다.

나는 사람의 기척을 찾아 창문 하나하나를 바라보았다. 거의 모든 창문이 녹이 슬어 움직이지 않는지 꽉 닫혀 있었고, 삐죽 열려 있는 창문으로는 색 바랜 커튼이 들여다보였다. 베란다에는 온통 먼지가 뿌옇고, 빈 맥주병과 빨래집게가 어지럽게 나뒹굴고 있었다.

기숙사를 올려다보면서 한 걸음 사촌 동생에게 다가서자, 어깨와 가슴 언저리가 살며시 닿았다. 우리는 얼굴을 마주 보고 서로에게 눈짓한 후 조심스럽게 기숙사 안으로 발을 들여놓았다.

기숙사 내부는 신기하리만큼 옛날 그대로였다. 현관에 놓인 매트의 모양도, 10엔짜리 동전밖에 사용할 수 없는 구식 공중전화도, 경첩이 망가진 신발장도 모두 그대로였다. 다만 이곳을 뒤덮고 있는 깊은 정적 탓에 그 자잘한 것들 모두가 외로움에 웅크리고 있는 듯이 보였다.

학생들의 모습은 어디에도 없었다. 안으로 들어가면 들어갈수록 정적의 밀도가 짙어지는 듯했다. 우리의 발소리만이 콘크리트 천장 속으로 빨려 들어갔다.

선생님의 방은 식당 건너편에 있었다. 선생님이 말한 대로 요리사가 떠난 식당은 오래도록 사용하지 않았는지 모든 것이 말끔하게 정돈된 채 바짝 말라 있었다. 우리는 확인하듯 한 걸음 한 걸음 천천히 그곳을 지나갔다.

사촌 동생이 노크를 하자 잠시 후에 뭐에 걸린 듯 떨그럭거리는 소리가 나면서 문이 열렸다. 선생님은 몸을 구부리고 턱과 쇄골 사이에 손잡이를 끼운 채 고개를 기울이면서 돌리기 때문에 문은 언제든 그렇게 어색하게 열린다.

"잘 왔어요."

"처음 뵙겠습니다."

"정말 오랜만이네요."

우리는 악수를 할 수 없는 탓에 서로에게 인사말을 건네면서 고개를 숙였다.

선생님은 6년 전과 다름없이 칙칙한 감색 옷을 입고 왼쪽 다리는 의족을 하고, 양 소맷자락을 축 늘어뜨린 모습이었다. 선생님이 어깨로 소파를 가리키면서 우리에게 앉으라고 말하자 소맷자락이 천천히 흔들렸다.

기숙사에 살던 시절, 용건은 모두 문 앞에서 해결했기 때문에 방 안에 들어오기는 처음이었다. 나는 신선한 기분으로 방 안을 돌아보았다. 모든 것이 계산된 제 위치를 정확하게 지키고 있는 듯했다. 필기도구든 식기든 텔레비전이든, 턱과 쇄골과 다리로 다루는 데 불편이 없는 최적의 자리에 배치되어 있었다. 따라서 시선을 어느 일정한 높이 위로 올리면 아무것도 시야에 들어오지 않았다. 천장 한구석에 있는 직경 15센티미터 정도의 얼룩이 눈에 띌 뿐이었다.

사무적인 절차는 금방 끝났다. 사촌 동생은 이 기숙사에 들어오는 데 필요한 서류상의 요건을 모두 갖추고 있었다. 선생님은 '어떤 특수한 변화'에 대해서는 아무 말도 하지 않았다. 사촌 동생은 형식적인 설명을 듣고는 서약서에 반듯한 글자로 꼼꼼하게 서명을 했다.

"나는 이 학생 기숙사에서 행복한 학창 시절을 보낼 것을 맹세합니다"라는 내용의 간결한 서약서이다. 나는 가슴속으로 '행복'이라고 중얼거려보았다. 그러고는 서약서에는 어울리지 않는 그 시적인 단어를 쳐다보면서, 나도 그 옛날 이런 서약서에 서명을 했었나 하고 생각했다. 하지만 도무지 기억이 나지 않았다. 나는 이 학생 기숙사에 관한 몇 가지 소중한 기억을 잃어버렸다는 것을 깨달았다.

"자, 그럼."

선생님이 말했다.

"차라도 끓일까."

변함없이 약간 쉰 목소리였다. 사촌 동생은 처음에는 무슨 말인지 뜻을 모르겠다는 듯 불안한 눈빛으로 나를 보았다. 과연 선생님이 차를 끓이는 장면을 상상하기란 어려운 일이었다.

'괜찮아, 선생님은 뭐든 할 수 있어'라는 눈빛으로 나는 사촌 동생을 쳐다보았다. 그는 몹시 긴장한 듯 입술을 꽉 다물고 선생님에게로 시선을 돌렸다.

테이블 위에는 차 통, 찻주전자, 전기 포트, 찻잔이 특정한 간격을 두고 차례대로 놓여 있었다. 선생님은 우선 의족에 몸을 싣고 오른쪽 다리를 테이블 끝에 훌쩍 올려놓았다. 그것은 멍하게 있다 보면 놓쳐버릴 만큼 순간적인 동작이었다. 오른발이 부드러운 솜처럼 우리 앞에 놓여 있었다. 몸을 심하게 구부린 그 자세의 부자연스러움과 오른 다리를 들어 올리는 우아한 몸짓의 대조에 우리는 신비로운 기분마저 들었다.

그다음 선생님은 손잡이를 돌리는 요령으로 턱과 쇄골을 사용하여 통의 뚜껑을 열고, 찻주전자 속에 찻잎을 넣었다. 그 일련의 작업도 놀라우리만큼 아름다운 선을 그렸다. 힘을 주는 정도, 통을 기울이는 각도, 찻잎의 양, 모든 것이 완벽했다. 유연한 곡선을 지닌 턱과 강건한 쇄골이 잘 단련된 한 쌍의 관절처럼 정확하게 움직였다. 가만히 바라보고 있으면 그곳만이 선생님의 몸에서 독립한 특별한 생물처럼 여겨졌다.

안뜰로 나 있는 창문으로 희미한 빛이 새어 들었다. 벽돌로 두른 소박한 화단에는 튤립이 한 줄로 피어 있고, 활짝 핀 꽃에서 오렌지색 꽃잎 한 장이 땅에 떨어져 있었다. 선생님의 오른발과 턱과 쇄골 외에 움직이는 것은 하나도 없었다.

나와 사촌 동생은 무슨 엄숙한 의식이라도 지켜보듯 선생님의 다음 동작을 기다렸다. 그는 발끝으로 전기 포트의 스위치를 누르고 찻주전자에 물을 담자, 이번에는 엄지발가락과 집게발가락 사이에 찻주전자를 끼우고 찻잔 세 개에 차를 따랐다. 뜨거운 물이 떨어지는 소리가 가늘고 느긋하게 정적 속을 떠다녔다.

선생님의 오른발은 정말 아름다웠다. 그것은 내 다리와는 비교도 되지 않을 만큼 많은 일을 하고 있을 텐데도 상처나 흠집 하나 없이 말끔했다. 두툼한 발등, 따스해 보이는 발바닥, 투명한 발톱, 긴 발가락. 나는 그 아름다운 부분 하나하나를 눈으로 확인했다. 사람의 발을 이렇게 가까이에서 천천히 바라보기는 처음이었다. 아니 내 발이 어떤 모양인지조차 나는 떠올릴 수가 없었다.

만약 선생님에게 손이 있다면, 그것은 어떤 모양일까 하고 생각했다. 널찍하고 풍요로운 손바닥에서 열 손가락이 곧바로 뻗어 나와 있을까. 그리고 그것은 오른발의 발가락처럼 많은 것을 조심스럽게 감싸 안을까. 나는 소맷자락 속에서 투명한 공간이 되어버린 선생님의 손을 상상했다.

차를 다 따른 선생님이 어험 하고 헛기침을 하고는 발을 아래로 내렸다.

"자, 들어요."

선생님이 수줍은 듯 눈을 내리깔았다. 우리는 고개를 숙이면서 고맙다고 말하고 차를 마셨다. 사촌 동생은 두 손으로 찻잔을 감싸 쥐고 기도하듯 친친히 마셨다.

사촌 동생이 앞으로 쓰게 될 방을 본 후 우리는 기숙사에서 나왔다. 선생님은 현관에서 우리를 배웅했다.

"그럼, 또 만나죠."

선생님이 말했다.

"이 기숙사, 굉장히 마음에 듭니다."

사촌 동생이 대답했다. 선생님이 인사를 하자 의족에서 삐걱거리는 소리가 났다. 애절하게 중얼거리는 듯한 그 소리는 사촌 동생과 나 사이를 깊고 투명하게 물들였다.

사촌 동생이 기숙사로 이사할 날이 금방 돌아왔다. 이사라고 해봐야 둘이서 사들인 자잘한 물건들을 종이 상자에 담아 택배로 보내면 끝이었다. 사촌 동생이 떠난 후에 다시 시작될 누에 같은 생활을 생각하자 한숨이 나왔다. 나는 될 수 있는 한 시간을 미루고 싶은 심정으로 뭉그적뭉그적 준비를 거들었다.

"대학교 수업은 고등학교하고는 전혀 방식이 다르죠? 따라갈 수 있을지 모르겠네요. 더구나 제2외국어로 독일어를 해야 하는데 걱정입니다. 누나, 좀 가르쳐주세요."

"미안하지만 난 전공이 러시아어였어."

"그래요? 안타깝네요."

걱정스럽다느니 안타깝다느니 하면서도 사촌 동생은 명랑하게 짐을 쌌다. 새롭고 자유로운 생활이 그를 기다리고 있는 것이다.

"힘든 일 있으면 곧바로 내게 연락해. 돈이 떨어졌다거나 몸이 아프거나 미아가 됐다거나."

"미아?"

"그래. 말하자면 그렇다는 얘기야. 가끔은 우리 집에 와서 저녁도 먹고, 맛있는 거 만들어줄 테니까. 그리고 연애 상담에도 응해줄게. 나 그런 거, 주특기거든."

사촌 동생은 재미있다는 듯이 웃으면서 내 부탁 하나하나에 고개를 끄덕였다.

이렇게 사촌 동생은 혼자 기숙사로 가게 되었다. 아무것도 아닌 이별이 내 가슴을 무겁게 짓눌렀다. 스웨터를 걸치고 오른손에 보스턴백을 든 그가 밝은 빛 속에서 한 점으로 멀어져 갔다. 그의 뒷모습이 시야에서 사라졌을 때, 나는 숨이 막힐 정도로 불안해서 눈도 깜박이지 않고 그 한 점을 바라보았다. 하지만 그 점은 눈송이처럼 허망하게 녹아버렸다.

사촌 동생이 떠나고 나자 내 생활은 원래대로 돌아갔다. 침대에서 꾸벅꾸벅 졸고, 식사는 간단하게, 그리고 패치워크에 매달리는 나날. 나는 재봉 바구니에서 만들다 만 패치워크를 꺼내 다림질을 해서 주름을 폈다. 체크무늬와 페이즐리 무늬, 보라색과 노란색 천을 한없이 이어간다. 시침바늘로 고정시킨 자리를 꼼꼼하게 바느질한다. 나는 잇는 것에만 너무 열중한 나머지, 때로 무엇을 만들고 있는지 잊어버리곤 한다. 그런 때는 종이 본을 펼쳐보면서, "아아, 침대 커버였구나", "벽걸이였네" 하고 혼자 중얼거리면서 안심하고 또 천을 잇댄다.

바늘을 쥔 내 손가락을 보면 선생님의 아름다운 오른발이 떠오른다. 어디선가 잃어버린 수수께끼의 손가락과 화단의 튤립과 천장의 얼룩과 사촌 동생의 안경테가 떠오른다. 선생님과 기숙사와 사촌 동생이 주르륵 이어진다.

입학식을 치르고 얼마 후, 나는 사촌 동생을 만나러 기숙사에 다녀왔다. 벚꽃 잎이 조그만 나비처럼 하늘하늘 땅으로 떨어지는 화창한 날이었다.

사촌 동생은 학교에서 아직 돌아와 있지 않았다. 나는 선생님의 방에서 잠시 그를 기다리기로 했다. 우리는 툇마루에 걸터앉아 내가 선물로 들고 간 스트로베리 케이크를 함께 먹었다.

새 학기가 시작되었는데도 기숙사의 고요함은 여전했다. 건물 안에서 사람이 걸어 다니는 기척이 희미하게 느껴지는가 싶다가도 금방 바람 소리에 뒤섞이고 말았다. 내가 있었던 시절에는 늘 어디에선가 카세트에서 흘러나오는 음악 소리와 웃음소리와 오토바이 엔진 소리가 울렸는데, 지금은 그런 생기에 찬 소리는 모두 쓸려 나간 듯했다.

화단에는 오렌지색 튤립 대신 연지색 튤립이 한 줄로 피어 있었다. 컵 모양의 꽃잎 속에서 꿀벌 한 마리가 언뜻언뜻 보였다.

"그 애는 잘 있나요?"

나는 툇마루에 늘어놓은 스트로베리 케이크를 쳐다보면서 물었다.

"네. 아주 잘 있어요. 매일, 자전거 뒷자리에다 책을 묶고 신나게 학교에 다니고 있지요."

선생님이 대답했다. 그리고 발가락에다 포크를 끼우고 크림과 스펀지케이크를 한 입씩 떠먹었다.

선생님의 오른발에는 디저트용 포크가 정말 잘 어울렸다. 발목의 곡선과 발가락의 섬세한 움직임과 발톱의 광택이 포크의 은색과 멋진 조화를 이뤘다.

"핸드볼부에 들었다고 하더군요. 꽤 유망한 선수라던데요."

"아니, 그 정도는 아니고요. 고등학교 때 현에서 한 2, 3위 정도는 했나 봐요."

"그는 운동을 하기에 적합한 아주 멋진 몸을 갖고 있어요. 그만큼 인상적인 신체 조건을 갖춘 사람은 흔치 않죠. 나는 알 수 있어요."

그렇게 말하고 선생님은 오른발 발가락 끝에서 떨고 있는 케이크를 입에 넣고, 소중한 무엇이라도 되듯 천천히 턱을 움직이면서 삼켰다.

"나는 사람을 처음 만나도 그 사람의 차림새나 성품에는 전혀 관심이 없어요. 내가 관심을 갖는 것은 오직 한 가지, 신체라는 기관이죠. 어디까지나 기관으로 작용하는 신체."

선생님은 말을 하면서 또다시 케이크를 떠 올렸다.

"이두박근의 좌우 균형이 맞지 않는다, 약지의 제2관절이 튀어나온 흔적이 있다, 복사뼈의 모양이 일그러져 있다, 그런 특징을 금방 알 수 있지요. 그냥 눈에 들어와요. 사람을 떠올릴 때에도 손, 발, 목, 어깨, 가슴, 허리, 근육, 뼈 등으로 구성된 몸이 떠오르지요. 거기에 얼굴은 없어요. 특히 젊은 사람들의 신체에 밝아요. 이런 일을 하다 보니. 그렇다고 해서, 그것을 어떻게 하고 싶다는 것은 아닙니다. 그냥 의학 사전을 바라보는 심정이라고 할까요. 이상하죠?"

나는 고개를 끄덕일 수도 저을 수도 없어서 그저 가만히 은색 포크를 보고만 있었다. 선생님은 두 입째 케이크를 넘겼다.

"내 양팔과 왼쪽 다리를 모르니, 둘씩 있는 팔과 다리가 서로 어떤 작용을 하며 움직이는지, 그 감각을 몰라요. 그래서 타인의 신체에 관심을 갖는 것이죠."

툇마루 아래로 내려져 있는 의족이 슬쩍 보였다. 둔탁한 색의 곧바른 금속은 양말이 신겨진 채 바지 속에 조용히 숨어 있었다. 선생님은 맛있게 케이크를 먹었다. 한 입 두 입, 포크 끝과 입술에 묻은 크림까지 깨끗하게 핥았다. 어두컴컴한 장소에 은닉된 낡은 의족과 녹아내릴 듯 폭신폭신한 스트로베리 케이크가 머릿속에서 번갈아 점멸했다.

"그러니까, 그의 신체가 얼마나 훌륭한지 그 점은 장담할 수 있어요. 하얀 가죽 공을 잡은 듬직한 손, 점프 숏을 할 때의 유연한 등뼈, 상대를 방해하는 긴 팔, 롱 패스를 하는 견갑골의 강인함, 체육관 바닥에 튀는 땀……"

선생님은 사촌 동생의 신체를 표현할 수 있는 단어가 무궁무진하게 떠오르는 듯했다. 크림의 달콤함이 아직도 남아 있는 입술에서 흘러나오는 등뼈와 견갑골이란 말을 나는 신비로운 기분으로 듣고 있었다. 나는 사촌 동생의 견갑골 따위 한 번도 생각해본 적이 없었다. 선생님은 이 한적한 기숙사의 한 방에서 턱과 쇄골과 오른쪽 다리를 조종하면서 젊은 학생들의 신체를, 그 완벽한 기관에 대해서 생각하고 있는 것일까. 그것은 정말 애절한 작업이겠다고 나는 생각했다.

마당으로 햇살이 쏟아져 녹음이 선명하게 빛났다. 바람이 산들산들 불어왔다. 아까 튤립 안에서 붕붕거리던 꿀벌이 우리 사이를 날아 방 안으로 들어가, 천장에 있는 얼룩 한가운데에 앉았다. 얼룩이 지난번에 봤을 때보다 한층 커진 듯했다. 물감을 몇 종류나 섞은 듯 어두운색이 천장을 둥그렇게 물들이고 있다. 파르르 떨리는 날개가 얼룩 속에 투명하게 비쳤다.

선생님은 마지막 남은 케이크 위에 얹힌 딸기를 꿀꺽 삼켰다.

사촌 동생은 아직도 돌아오지 않았다. 혹 자전거 소리가 나지는 않나 싶어 귀를 기울였지만, 꿀벌의 날갯소리밖에 들리지 않았다.

"쿨럭, 쿨럭, 쿨럭."

선생님이 기침을 했다. 중얼거리듯 조그만 소리가 났다.

결국 그날은 사촌 동생을 만나지 못했다. 학교에서 무슨 중요한 일이 생겨 늦게야 돌아온다고 기숙사로 전화를 걸어 온 것이다.

열흘쯤 지나 다시 기숙사를 찾아갔다. 이번에는 선물로 애플파이를 들고 갔다. 하지만 역시 나는 그것을 사촌 동생에게 전하지 못했다.

"돌아오는 길인데, 사고가 나서 전철이 역에 멈춰 있다는군요. 지금 막 전화가 왔습니다."

대나무 빗자루로 마당을 쓸고 있던 선생님이 말했다.

"무슨 사곤데요?"

"투신자살이라는군요."

"그래요……"

나는 애플파이를 담은 하얀 상자를 가슴에 껴안은 채 불미한 우연이 두 번이나 계속된 것에 한숨을 쉬었다. 그리고는 농익어 물러터진 토마토처럼 뭉개진 근육과 자갈돌 사이에 들러붙은 머리카락과 침목 위에 나뒹구는 뼛조각을 상상했다.

봄의 부드러움이 온 풍경을 감싸고 있었다. 마당 한구석에 방치된 망가진 자전거에도 부드러운 봄바람이 불었다. 애플파이 상자가 미지근했다.

"모처럼 왔는데, 천천히 쉬었다 가세요."

"고맙습니다."

나는 고개를 숙였다.

마당이 그다지 지저분하지도 않은데 선생님은 열심히 비질을 하고 있었다. 같은 곳을 몇 번이나 쓸고 꼼꼼하게 쓰레기를 모았다. 머리를 깊이 숙이고 목과 어깨 사이에 빗자루를 끼우고 쓸고 있는 탓에 그는 무슨 중대한 고민에 빠져 있는 듯 보였다.

대나무가 땅을 스치는 소리가 평화롭게, 몇 번이나 들렸다. 사촌 동생의 방을 올려다보니 베란다에 핸드볼화가 널려 있었다.

"조용하네요."

내가 말을 걸었다.

"그렇죠."

대나무 빗자루 소리는 그치지 않았다.

"지금, 기숙생이 전부 몇 명이나 되나요?"

"아주, 아주 적어요."

선생님은 신중하게 대답했다.

"올해는 제 사촌 동생 말고 몇 명이나 새로 들어왔어요?"

"그 말고는 없지요."

"빈방이 너무 많아서 쓸쓸하겠네요. 여기 있을 때, 한번은 설날에 집에 돌아가지 않은 적이 있었는데, 무서워서 잠을 잘 수가 없었어요."

"……"

"기숙생 모집 광고 같은 거, 어디에다 안 냈어요?"

"……"

잠시 침묵이 흘렀다. 오토바이를 탄 우편배달부가 기숙사 앞길을 그냥 지나쳤다.

"소문 때문이지요."

불쑥 선생님이 말했다.

"소문이요?"

나는 놀라서 되물었다.

"그래요. 어떤 소문 때문에 기숙생이 줄었습니다."

옛날이야기라도 들려주듯 선생님이 얘기를 시작했다.

"2월에, 기숙생 한 명이 갑자기 사라졌어요. 사라졌다는 표현이 딱 맞아요. 공기에 빨려 들어간 것처럼, 소리도 없이 사라져버렸습니다. 뇌수는 물론 심장과 언어와 손발을 갖고 있던 한 인간이 그렇게 간단히 사라져버릴 수 있는지, 정말 불가사의했습니다. 게다가 증발할 만한 이유가 전혀 없었어요. 수학을 전공하는 1학년생이었죠. 상위 1퍼센트에게 주는 장학금까지 받는 학생이었습니다. 친구도 많고, 가끔은 여자 친구와 데이트도 했죠. 아버지는 지방 대학의 교수이고, 어머니는 동화 작가, 터울이 큰 여동생이 있었습니다. 결점이 전혀 없는 환경이었죠. 하지만 그런 건 증발한 이유와는 아무 관계가 없었는지도 모르겠습니다."

"실마리가 하나도 없었나요? 남긴 말이라든지, 메모라든지."

선생님은 고개를 저었다.

"그 점에 대해서는 경찰이 샅샅이 조사를 했습니다. 무슨 사건에 휘말렸을 가능성도 있다면서요. 하지만 그 어떤 사실도 밝혀지지 않았죠. 그는 수학 교과서와 공책 한 권만 들고 사라졌습니다."

그때 어깨에 걸치고 있던 빗자루가 툭 하고 쓰러졌다. 선생님은 아랑곳하지 않고 말을 계속했다.

"나 역시 경찰의 조사를 받았습니다. 용의자였던 셈이죠. 그가 행방불명이 되기 전 닷새 동안의 일을 묻더군요. 그와 나눈 대화, 읽은 책의 쪽수와 줄거리, 걸려 온 전화의 용건과 상대, 식사 메뉴, 화장실에 간 횟수, 정말 철저하더군요. 그런 일 하나하나를 문장으로 써서 베끼고 수정하고 다시 읽었습니다. 모래사장에서 모래알 하나하나를 구별하는 듯한 작업이었죠. 닷새 동안의 생활을 조사하는 데 시간이 그 세 배는 걸렸습니다. 정말 힘들고 괴로웠습니다. 나중에는 의족을 단 자리가 곪아서 욱신욱신 아팠죠. 그러나 모두 헛수고였어요. 그는 끝내 나타나지 않았으니까요."

"선생님이 그렇게 의심을 받다니, 그에게 무슨 짓을 했다는 건가요?"

"그거야 알 수 없지요. 아무튼 내가 어떻게든 했을 거라고 생각한 것이죠. 세상 사람들은 내가 경찰에 불려 갔다는 사실 하나만으로 일대 소동을 피웠습니다. 그렇다고 내가 보는 앞에서 소란을 피운 것은 아니에요. 훨씬 더 음습하고 잔혹하게 소문을 퍼뜨렸습니다. 그 때문에 기숙생들 대부분이 나가고 말았어요."

"정말 너무하네요."

"소문이란 불합리한 것이죠. 그건 그렇다치고, 내 일상의 그 방대한 기록부는 다 어디로 가버린 것일까요. 그 생각을 하면 정말 허망합니다."

선생님은 눈을 감고 두세 번 기침을 했다. 그러고는 "아, 실례" 하고 또 몇 번 기침을 했다. 기침은 좀처럼 잦아들지 않고 오히려 무겁게 그의 가슴을 짓누르는 듯했다. 그는 허리를 꺾고 땅을 향한 채 힘겹게 숨을 토해냈다.

"괜찮으세요?"

나는 선생님에게 다가가 등에 손바닥을 얹었다. 그때 그의 몸을 만지기는 지금이 처음이라는 것을 알았다. 옷의 감촉이 두툼하고 꺼끌꺼끌했지만, 그 밑에 있는 등은 부서질까 두려울 정도로 연약했다. 기침을 할 때마다 손바닥이 징징 울렸다.

"방에 들어가 쉬시는 게 좋겠어요."

나는 그의 어깨에 팔을 둘렀다. 팔이 없는 어깨 역시 애절하도록 야위어 있었다.

"고마워요. 요즘엔 이렇게 기침이 심하게 나오면서 가슴이 답답해지는 일이 많군요."

선생님은 내 품에서 몸에 힘을 잔뜩 주고 있었다. 우리는 그런 자세로 잠시 꼼짝 않고 있었다. 발치에서 꿀벌이 날아다녔다. 때로 생각났다는 듯이 붕 하고 날아올랐다가 조심조심 다가와서는 또 붕 하고 다시 날아갔다.

마당 곳곳에 햇살이 반사되고 있었다. 건물 외관은 칙칙한데, 유리창만 햇빛을 받아 반짝반짝 아름답게 빛났다. 저 반짝임 속에 있던 누군가는 행방불명이 되었고, 나는 여기서 선생님의 등을 쓰다듬고 있고, 사촌 동생은 어느 역에선가 투신자살 사건에 휘말려 있다. 나는 마음속으로 그렇게 열거해보았다. 아무런 맥락이 없는 그 세 가지가 반짝거리는 유리창에 하나로 녹아드는 듯 여겨졌다.

숨쉬기가 조금 편해지자 선생님이 말했다.

"괜찮다면, 그의 방에 같이 가보고 싶군요."

나는 그 묘한 제안에 뭐라 대답하면 좋을지 몰라 당황스러웠다.

"때로 그의 방을 관찰합니다. 무슨 새로운 실마리는 없을까 하고 말이죠. 그쪽처럼 저음인 사람이 봐주면 뭔가 새로운 걸 발견할지도 모르죠."

아직은 조금 숨쉬기가 힘든 모양이었다. 나는 고개를 크게 끄덕거렸다.

그러나 그 방에서 나는 아무것도 발견할 수 없었다.

책상과 의자, 침대와 옷장이 있는 평범한 방이었다. 깔끔하게 정리되어 있는 것도 아니고 그렇다고 어지럽게 널려 있는 것도 아니었다. 사람이 생활한 흔적이 어렴풋이 남아 있었다. 침대 시트는 주름져 있고, 의자 등받이에는 스웨터가 걸려 있고, 책상 위에는 숫자와 기호가 나열된 공책이 펼쳐져 있었다. 공부를 하다가 잠시 자리에서 일어나 동네 슈퍼마켓으로 주스를 사러 나간 듯한 분위기였다.

책꽂이에는 전공 서적과 추리소설, 여행 가이드북이 뒤섞여 꽂혀 있었다. 벽에 걸려 있는 달력은 여전히 2월이고, 군데군데 메모가 적혀 있다. 논리학 리포트 마감, 세미나 미팅, 과외, 그리고 14일에 시작된 화살표가 23일까지 죽 그어져 있고 '스키'라고 쓰여 있었다.

"어떻습니까?"

선생님이 방을 휘 돌아보면서 물었다.

"미안해요. 제가 알 수 있는 것은 그가 건전한 학생이었다는 것뿐이네요."

나는 고개를 숙인 채 대답했다.

"그런가요. 신경 쓸 거 없습니다."

선생님이 말했다.

우리는 꽤 오랜 시간 아무 말도 나누지 않고 그저 가만히 방 한가운데에 서 있었다. 그렇게 기다리면 언제 어디선가 그의 몸이 쓱 나타나줄 것이라고 믿는 사람들처럼.

"그가 사라진 것은 스키를 타러 가기 전날인 13일입니다."

선생님이 먼저 말문을 열었다.

"이 스키 여행에 기대가 컸어요. 스키를 배운 지 얼마 안 돼서 한창 재미를 느낄 때였겠지요. 나도 스키를 좋아한다고 했더니, 왼발에는 어떤 스키화를 신느냐, 스키폴은 어떻게 쥐느냐, 관심 있게 물었지요. 그는 아주 순진하고 천진난만한 청년이었습니다."

나는 13일이란 숫자를 집게손가락으로 더듬어보았다. 까끌까끌하고 싸늘했다. 책꽂이 옆에 커버를 씌운 스키가 세워져 있었다. 보스턴백의 바깥 주머니에는 심야버스표가 꽂혀 있었다.

"그의 특징은 왼 손가락에 있있습니다."

그곳에 남아 있는 그의 흔적을 그대로 간직하려는 듯 깊은 눈빛으로 선생님은 말했다.

"왼 손가락, 이요?"

"네. 그는 왼손잡이였죠. 무엇이든 왼손으로 했어요. 머리를 빗을 때도, 졸려서 눈을 비빌 때도, 전화번호를 누를 때도 전부. 그는 또 곧잘 이 방으로 나를 초대해서 맛있는 커피를 끓여주었습니다. 그는 커피를 아주 맛있게 끓였죠. 그리고 여기 이 책상을 향하고, 나란히 앉았어요."

선생님은 그렇게 말하고, 책상 앞에 있는 회전의자에 걸터앉았다. 의족이 삐걱거리는 둔한 소리가 났다.

"여기서 그가 수학 문제를 풀어서 보여주었죠. 전문적이고 어렵기만 한 문제가 아니었어요. 그렇게 큰 후지 산이 어떻게 이렇게 조그만 눈에 보일 수 있는가, 절의 범종을 새끼손가락 하나로 움직이려면 어떻게 해야 하나, 그런 일상적이면서도 흥미로운 문제였지요. 나는 그런 문제들을 어떻게 수학으로 풀 수 있는지조차 모르고 있었습니다."

나는 선생님의 등을 향해 맞장구를 쳤다.

"'우선, 이렇게 생각하면 간단합니다.' 그는 입버릇처럼 이 말을 했어요. 내가 아무리 초보적이고 유치한 질문을 해도 그는 절대 짜증스러워하지 않았어요. 오히려 신이 나서 대답해주었죠. 심을 뾰족하게 깎은 연필을 왼손에 쥐고 '여기는 이렇게 되니까 이 공식을 사용하죠'라고 설명하면서, 여러 가지 숫자와 기호를 죽 늘어놓았죠. 동글동글하고 읽기 쉬운 글자였습니다. 그리고 마지막에는 간결한 답이 기적처럼 홀연히 나타났어요. 그는 그곳에다 밑줄을 두 개 긋고, '어때요, 재밌죠?'라면서 상냥한 눈빛으로 나를 보았죠."

선생님은 심호흡을 하며 숨을 고르고서 다시 말을 이었다.

"왼손에 연필을 쥔 그의 모습은 숫자를 쓴다기보다 빚어내는 듯했습니다. 그의 그 아름다운 왼손에서 태어나는 ∞와 $\therefore$와 ∂ 등의 기호를 나는 섬세한 공예품을 보듯 바라보았습니다. 눈에 익은 숫자들 역시나 특별하고 중요한 무엇처럼 보였죠. 나는 커피를 마시면서 그의 설명을 듣는 한편 그의 아름다운 왼손을 바라보았죠. 행복했습니다. 절대 남자다운 손이라고는 할 수 없었어요. 손가락은 길고 매끄럽고, 피부는 하얗고 투명했습니다. 마치 몇 번이나 품종을 개량하고 온실에서 애지중지 키워낸 식물 같았죠. 손가락 마디마디에 표정이 있었어요. 약지의 손톱은 미소를 짓고, 엄지의 관절은 눈을 내리깔고, 이해할 수 있나요?"

선생님의 목소리가 너무도 애틋해서, 나는 "네"라고 대답했다.

나는 다시 한 번 그 방에 남아 있는 것들을 돌아보았다. 식물 같은 그의 손가락이 쥐고 매만지고 쓰다듬었을 연필깎이와 클립과 컴퍼스를 바라보았다. 책상 위에 펼쳐져 있는 공책은 손때가 묻어 있어 더더욱 느낌이 좋았다. 나는 침대 시트의 주름이 펴지는 일도, 스웨터가 서랍에 수납되는 일도, 수학 문제가 풀리는 일도 이제는 두 번 다시 없을까, 하고 생각했다.

선생님은 또 쿨럭거리며 기침을 했다. 책상에 엎드려 우는 듯 서글픈 기침이었다. 선생님의 기침 소리가 하염없이 그의 방에 울렸다.

그다음 날 나는 행방불명 사건을 조사하려고 도서관에 갔다. 공원 한구석에 있는, 꼬맹이들이 그림책을 빌리러 오는 아담한 도서관이다.

신문을 2월 14일 자부터 모두 보여달라고 해서, 지방판의 일단기사를 일일이 체크했다. 쌓아 놓자 신문은 꽤 높고 무거운 산이 되었다.

다양한 사건이 있었다. 욕실에 페인트를 새로 칠하던 주부가 중독사했고, 초등학생이 대형 폐기물인 냉장고에 갇혔고, 예순일곱 살의 혼인 빙자 사기꾼이 체포되었고, 독버섯을 먹은 할머니가 응급실로 실려 갔다. 내가 모르는 곳에서 세계는 복잡하게 돌아가고 있는 듯했다. 아무리 잔인한 기사를 읽어도 나는 흥미로운 옛이야기로밖에 여겨지지 않았다. 지금 중요한 것은 그의 왼손이었다.

신문 더미는 좀처럼 줄어들지 않았다. 그리고 아무리 뒤져도 그의 왼손은 나타나지 않았다. 잉크가 묻어 손이 거뭇거뭇해지고 눈이 따끔거렸다. 중독과 질식과 사기만 몇 번이나 나타났다가 그의 왼손과 만나지 않는 좌표를 스쳐 지나갔다. 창문으로 비추는 빛이 짙어져, 해가 기울고 있다는 것을 알았다.

시간이 얼마나 흘렀을까, 머리가 혼란스러워지기 시작했을 즈음 열쇠 꾸러미를 든 사람이 내게로 다가왔다.

"저, 이제 문을 닫을 시간인데요."

그는 미안하다는 듯이 말했다.

"아, 미안해요."

나는 서둘러 신문을 정리해서 반납했다. 밖으로 나오자 캄캄한 밤이었다.

집에 돌아와 보니 남편에게서 편지가 와 있었다. 화려한 노란색 봉투와 백인 여성이 인쇄된 우표, 스탬프에 찍힌 알파벳을 보고 그것이 멀리서 온 편지라는 것을 알았다. 편지는 우편함 바닥에 소리 없이 누워 있었다.

긴 편지였다. 그가 부임한 스웨덴 어느 해변의 조그만 도시와 둘이서 살기에는 큰 집에 대해 꼼꼼하고 사실적으로 쓰여 있었다. 토요일 아침 시장에서는 신선한 채소를 살 수 있고, 역 앞에 있는 빵집은 빵 맛이 끝내주고, 침실에서 보이는 바다는 늘 거칠게 일렁거리고, 마당에는 다람쥐가 놀러 온다는 한가로운 내용이었다. 그리고 마지막 장에는 내가 출발하기 전까지 해야 할 일들이 조목조목 적혀 있었다.

- 여권 갱신
- 포장이사 업체에 견적 의뢰
- 동사무소에 전출 신고
- 부장 댁에 인사
- 매일 조깅(체력을 단련하도록 해요. 이곳은 춥고 습기가 많아요.)

나는 편지를 읽고 또 읽었다. 중간쯤까지 읽다가 처음부터 다시 읽고, 같은 줄을 열 번 읽고, 끝까지 다 읽고는 다시 처음으로 돌아갔다. 그러나 그 내용을 제대로 이해할 수는 없었다. 아침 시장, 다람쥐, 여권, 이사 등의 단어가 난해한 철학 용어처럼 느껴졌다. 내게는 그의 공책에 쓰여 있던 수식이 오히려 리얼했다. 그 공책에는 커피의 김과 그의 왼손과 그것을 보는 선생님의 눈동자가 어려 있었다.

노란 봉투에 싸인 스웨덴과 학생 기숙사의 한 방에서 애처롭게 기침을 하고 있을 선생님, 도저히 어울리지 않는 그 두 가지가 한꺼번에 내게 밀려왔다. 나는 항공우편을 서랍 속에 집어넣었다.

열흘쯤 지나 다시 선생님을 찾아갔다. 이번에는 선물로 커스터드푸딩을 사 들고 갔다. 사촌 동생은 핸드볼부에서 합숙 훈련이 있어 무슨 고원으로 갔다고 한다.

오랜만에 비가 내렸다. 선생님은 침대에 누워 있다가 내가 머리맡에 있는 의자에 걸터앉자 조심조심 윗몸을 일으켰다. 나는 푸딩 상자를 사이드 테이블 위에 올려놓았다.

침대에 웅크리고 앉은 선생님이 유독 가냘파 보였다. 평소에는 신경조차 쓰지 않던, 있어야 할 자리에 없는 두 팔과 한쪽 다리의 공동이 묵직한 상실감을 환기시켰다. 그 공간이 언제까지고 내 시선을 떠나지 않았다. 없는 것을 보고 있자니, 눈알이 따끔따끔 아팠다.

"어떻게 지내셨어요?"

"뭐 그럭저럭 지내고 있습니다."

우리는 미소를 주고받았다. 선생님의 미소에는 힘이 없었고, 그나마도 금방 사라졌다.

"병원에는 다녀오셨어요?"

내가 묻자 그는 말없이 고개만 저었다.

"제가 괜한 소리를 하는 거면 미안해요. 하지만 병원에 가보시는 게 좋을 것 같아요. 너무 힘들어 보여요."

"괜한 소리라니요. 절대 그렇지 않아요."

선생님은 몇 번이나 고개를 저었다.

"제게 남편이 의사인 친구가 있어요. 대학병원에 있죠. 그 사람은 피부과지만, 의사를 소개받을 수 있을 거예요. 물론 저도 같이 갈 테고요."

"고마워요. 그렇게 걱정을 해주니 정말 기쁘군요. 하지만 괜찮습니다. 내 몸에 대해서는 내가 가장 정확하게 알고 있지요. 지난번에도 말했지요? 신체라는 기관에 대해서는 숙지하고 있다고."

"정말 괜찮으신 거지요? 금방 나을 수 있는 거지요?"

나는 재차 확인했다.

"그 반대입니다. 낫지 않을 거예요."

선생님이 그토록 잔인한 말을 너무도 태연하게 해서, 처음에 나는 그 의미를 제대로 알 수 없었다.

"점점 나빠질 뿐이죠. 암이나 근디스트로피처럼 막을 수가 없어요. 아니, 내 경우는 좀 더 단순할지도 모르겠군요. 오랜 세월을 이렇게 부자연스러운 몸으로 생활하다 보니, 몸의 온갖 부분이 고장 난 겁니다. 귤 상자에 썩은 귤이 하나 들어 있으면 주위에 있는 신선한 귤까지 모두 썩어버리는 것이나 마찬가지지요. 결정적인 것은 늑골의 변형입니다. 중요한 늑골 몇 개가 안쪽으로 굽어서 폐와 심장을 압박하고 있어요."

선생님은 가슴속에 숨어 있는 발작의 화근을 달래듯 느긋한 말투로 얘기했다. 나는 뭐라 할 말을 찾을 수 없는 답답함에 유리창으로 흘러내리는 물방울만 쳐다보았다.

"한번은 병원에 갔었죠. 기숙사 졸업생 중에 정형외과 의사가 있어서요. 그 병원에서 엑스레이 사진을 찍었죠. 혹시 자신의 가슴 사진을 본 적 있나요? 보통 늑골은 자로 잰 것처럼 정밀하게 좌우 대칭의 둥그런 모양으로 퍼져 있지요. 폐와 심장은 그 안에서 푸근하게 자리하고 있고요. 그런데 내 늑골은 정말이지 안쓰러울 정도였습니다. 벼락 맞은 거목의 가지처럼 비틀려 있었어요. 더욱이 심장 근처에 있는 늑골이 한층 무참하게 변형돼 있었습니다. 거의 심장을 찌를 정도로요. 나의 가엾은 폐와 심장은 겁에 질려 떠는 작은 짐승처럼 비좁은 곳에 웅크리고 있었습니다."

선생님은 숨을 고르기 위해 숨을 깊이 들이쉬었다. 목에서 쉰 소리가 났다. 그가 입을 다물자 정적이 우리 둘 사이로 내려앉았다. 나는 유리창에 흐르는 물방울을 한 방울 두 방울 세고 있었다. 그것은 끝없이 흘러 떨어졌다.

"늑골의 변형을 막을 수는 없는 건가요?"

쉰까지 세고서 나는 유리창에서 눈길을 돌리고 물었다.

"이미 늦었을 겁니다."

선생님은 주저 없이 대답했다.

"천장을 올려다본 채로 마냥 누워만 있다면 조금은 나아질지도 모르죠. 하지만 그뿐이죠."

"수술은?"

"수술을 해봐야 없어진 팔과 다리를 돌이킬 수는 없으니까요. 턱과 쇄골과 오른쪽 다리가 살아 있는 한, 늑골은 또 변형

되겠죠."

"도저히, 방법이 없는 건가요?"

나는 단어 하나하나를 곱씹듯 말했다. 대답 대신 선생님은
속눈썹을 가늘게 떨면서 눈을 깜박거렸다.

비는 단조롭게 계속 내리고 있었다. 때로 이제 그쳤나 하고
착각할 정도로 소리 없는 비였다. 하지만 눈을 찡그리고 보면
여전히 비는 내리고 있었다.

화단에는 연보라색 튤립이 피어 있었다. 볼 때마다 다른 색
튤립이 한 줄씩 순서대로 피어 있었다. 비에 젖은 꽃잎이 립
스틱처럼 반들거렸다. 그리고 화단 속에서는 언제나처럼 꿀
벌이 날아다녔다. 나는 문득 비가 오는 날에도 꿀벌이 날아다
니나, 하고 생각했다. 비를 맞고 있는 꿀벌을 본 적이 없기 때
문이다. 그러나 그것은 틀림없는 꿀벌이었다.

꿀벌은 비에 번진 풍경 속을 자유롭게 날아다녔다. 높이 날
아올라 시야에서 사라졌다가는 키 낮은 풀 사이로 숨고, 잠시
도 가만히 있지를 않아 전부 몇 마리나 있는지 셀 수도 없었
다. 다만 한 마리 한 마리의 윤곽과 색깔과 움직임은 유리창
에 또렷하게 비쳤다. 녹아내릴 듯 투명하고 섬세한 날개의 모
양까지 볼 수 있었다.

꿀벌은 몇 번을 주춤거리다 조심조심 튤립에 다가간다. 그리고 결심을 하면 배의 줄무늬를 파르르 떨면서 꽃잎의 제일 끝 가장 얇은 곳에 앉는다. 날개가 빗방울과 어우러져 빛나는 듯 보인다.

정적 속에 한없이 젖어 있자니 꿀벌의 날갯소리가 들려오는 듯한 느낌이었다. 처음에는 비에 묻혀 흐리멍덩하던 그 소리가 눈을 찡그리고 꿀벌을 쳐다보다 보니 점점 선명한 윤곽을 띠고 귀로 날아들었다. 그대로 가만히 있자 날갯소리가 부드러운 액체처럼 귓속의 조그만 관까지 물들였다.

느닷없이 환기창 틈새로 벌이 한 마리 날아들었다. 그것은 똑바로 천장을 따라 날아 한구석에 있는 둥그런 얼룩 위에 앉았다. 얼룩은 전보다 더 크고 더 짙어져 있었다. 아무것도 없는 하얀 천장에서 그것은 더는 무시할 수 없을 정도로 성장해 있었다. 비에 젖은 벌은 그 한가운데에 들러붙어 있었다.

'대체 저건 무슨 얼룩이죠?'

내가 그렇게 물으려는데 선생님이 먼저 입을 열었다.

"부탁이 한 가지 있습니다."

벌의 날갯소리가 멀어졌다.

"뭐든 말씀하세요."

나는 두 팔을 침대 위, 그의 공허한 오른손이 있을 언저리에 올려놓았다.

"약을 먹어야 하는데, 좀 거들어줄 수 있을까요?"

"그럼요."

나는 사이드 테이블 서랍에서 가루약을 한 봉지 꺼내고 주전자의 물을 컵에 따랐다. 자잘한 생필품들이 침대에서 사용하기에 불편이 없는 장소로 조금씩 자리가 옮겨져 있었다.

전화기는 문 근처에서 머리맡으로, 화장지는 텔레비전 위에서 발치로, 다기 세트는 부엌에서 사이드 테이블로, 그런 별것 아닌 이동이 선생님에게는 중대한 변화, 그러니까 심장을 죄어드는 늑골의 변형을 의미하는 것이었다. 주전자에서 떨어지는 한 줄기 물을 쳐다보면서 그 사실을 깨달은 나는 가슴이 얼어붙는 듯했다.

"이 약이 효과가 있었으면 좋겠군요."

나는 내 마음을 진정시키듯 말했다.

"좋아지라고 먹는 약이 아니에요. 그저 근육을 이완시키고 신경을 안정시키기 위해서 먹는 거니까."

선생님의 표정은 조금도 변화가 없었다.

"정말 아무 방법도 없는 건가요?"

나는 다시 한 번 물었다. 선생님은 잠시 생각하고서 대답했다.

"전에도 말했지만, 이 기숙사는 한없이 절대적인 지점을 향해서 변성을 계속하고 있어요. 지금은 그 도중이지요. 변성에는 어느 정도의 시간이 필요합니다. 스위치를 끄고 켜는 것처럼 순식간에 변화하지 않지요. 이 기숙사의 공기는 점점 일그러지고 있어요. 하지만 아마, 느낄 수 없을 테지요. 그 일그러짐에 휘말린 인간만이 알 수 있으니까요. 내가 어디를 향하고 있는지 알아차렸을 때는 이미 돌이킬 수 없는 곳까지 와 있는 겁니다. 되돌아갈 수는 없어요."

얘기를 끝낸 선생님은 입을 살며시 열었다. 조그만 입이었다. 남자의 입은 좀 더 두툼하고 튼실할 줄 알았는데, 입술도 혀도 이도 모두 아담했다. 이는 부드러운 입술 안쪽에 맺힌 씨앗처럼 한 줄로 나란하고, 혀는 목구멍이 시작되는 언저리에 움츠리고 있었다.

나는 그런 입속에다 가루약을 살살 떨어뜨렸다. 선생님은 턱과 쇄골로 컵을 받아 평소에 하던 대로 완벽하게 물을 마셨다. 턱과 쇄골의 우아하고 아름다운 움직임을 바라보면서 나는 선생님의 안쓰러운 늑골을 생각했다. 하얗고 불투명한 뼈가 심장에 꽂혀 있는 엑스레이 사진을 생각했다.

　내 가슴은 얼어붙은 채 언제까지고 꿀벌의 날개처럼 떨고 있었다.

　남편에게서 또 항공우편이 왔다.

　"준비는 잘되어가고 있소? 답장이 없어서 걱정스럽구려."

　편지는 정감이 넘치는 문장으로 시작해서, 스웨덴의 슈퍼, 식물, 미술관, 도로 사정에 관해 지난번보다 훨씬 자세하고 명랑하게 설명하고 있었다. 그리고 마지막에는 지난번과 똑같이 내가 해야 할 숙제가 항목별로 적혀 있었다.

- 전화, 전기, 수도, 가스 회사에 연락

- 국제 운전면허 신청

- 세금 정산

- 짐을 보관할 창고 예약

- 냉동, 레토르트 식품을 다양하게 준비할 것(이곳의 짜고 맛없는 음식에 슬슬 질리기 시작했소.)

　지난 편지까지 더하면 내가 해야 할 일은 모두 열 가지로 늘어났다. 나는 그것들을 정리하기 위해 하나하나 소리 내어 읽어 보았다. 하지만 아무 소용이 없었다. 그것들을 어떤 순서로 바꾸고 어디서부터 손을 대야 스웨덴에 도착할 수 있는지 도무지 알 수가 없었다.

나는 편지를 서랍에 집어넣고 대신 패치워크를 꺼냈다. 지금 내게 침대 커버나 벽 장식이 필요한 것은 아니었지만, 그것 말고는 할 일이 없었다.

파란색 격자무늬 천 다음에는 흑백의 물방울무늬 천, 그 옆은 빨강 바탕에 초록색 아라베스크 무늬가 비스듬하게 찍혀 있는 천, 정사각형, 직사각형, 이등변삼각형, 직각삼각형, 패치워크는 한없이 퍼져간다. 조용한 밤, 혼자서 천 조각을 잇다 보면 어디선가 꿀벌의 날갯소리가 들려온다. 선생님의 방에서 들은 날갯소리의 여운인지 아니면 그냥 이명인지 구별이 안 된다. 그러나 그 소리는 아무리 가늘고 희미해도 똑바로 내 고막을 뚫고 지나간다.

날갯소리는 비에 젖은 꿀벌, 튤립, 물방울이 흘러 떨어지는 유리창, 천장의 얼룩, 가루약, 그리고 선생님의 늑골로 이어진다. 절대 스웨덴으로 이어지지는 않는다.

그때부터 나는 선생님을 간병하려고 매일 다른 선물을 들고 기숙사를 드나들었다. 마들렌, 쿠키, 바바루아, 초콜릿, 과일 요구르트, 치즈 케이크…… 끝내는 뭘 들고 가면 좋을지 알 수 없어졌다. 튤립이 한 줄씩 꽃을 피우고 꿀벌이 날아다니고 천장의 얼룩은 점점 커졌다. 그리고 선생님은 하루하루 쇠약해져갔다. 어느 날은 시장을 보러 나가기도 힘들어 식사를 하지 못하고, 그다음 날에는 혼자서 먹고 마시기조차 힘겨워지고, 결국은 몸을 일으키는 것이 고작인 상태가 되었다.

간병이라고 해서 특별한 일을 하는 것은 아니었다. 때로 간단하게 수프를 만들어 먹이고 등을 쓰다듬어주는 것뿐, 나머지 시간에는 머리맡에 놓인 의자에 그저 앉아 있었다. 나는 선생님의 늑골이 휘고 구부러지는 것을 그저 바라보는 수밖에 없었다.

누군가를 간병하는 것도, 인간이 이렇듯 급속도로 쇠약해지는 과정을 지켜보는 것도 처음이었다. 이대로 있다가 선생님은 결국 어떻게 되는 것일까, 하고 생각하면 두려웠다. 늑골이 심장을 꿰뚫는 순간과, 싸늘해진 선생님의 몸에서 무거운 이족을 떼어내는 순간, 그리고 기숙사에 홀로 남은 후의 그 깊은 정적을 생각하면 외로워 몸서리가 쳐졌다. 내가 의지

할 수 있는 사람은 사촌 동생뿐이었다. 나는 그가 하루빨리 합숙에서 돌아오기만을 기도했다.

그날은 날이 저물면서 비가 내리기 시작했다. 나는 선물로 들고 간 파운드케이크를 선생님에게 먹이고 있었다. 그는 침대에 누워 목까지 이불을 덮어쓴 채 멍하니 허공을 응시하고 있었다. 숨쉬기가 힘겨운지 이불이 위아래로 흔들렸다. 내가 집게손가락과 엄지손가락으로 파운드케이크를 잘라 입에 갖다 대자, 그는 조그맣게 입을 벌렸다. 그리고 녹기를 기다리듯 씹지 않고 입술을 꼭 다물었다. 내 손가락과 그의 입술이 살짝 닿았다가는 떨어졌다. 그렇게 몇 번을 되풀이하자 파운드케이크 한 조각이 없어졌다. 내 엄지손가락과 집게손가락은 버터가 묻어 번들거렸다.

"정말 고마워요. 맛있었습니다."

선생님이 아직 달달함이 조금 남아 있는 입술로 말했다.

"천만에요."

나는 미소 지었다.

"누가 먹여주면 유독 맛있고 고마운 법이지요."

선생님은 천장을 향한 채 꼼짝도 하지 않았다. 몸이 침대에

묶여 있는 것처럼.

"다음에 또 사 올게요."

"그래요, 만약, 내가 살아 있다면."

마지막 한 마디는 힘겨운 한숨과 함께 새어 나왔다. 나는 뭐라 대꾸할 수 없어 듣지 못한 척 손가락에 묻은 버터만 바라보았다.

그러고 잠시 후에야 비가 내리고 있다는 것을 알았다. 화단에서는 튤립이 살랑살랑 흔들리고, 꿀벌의 날개도 젖어 있었다. 오늘 핀 튤립은 쪽빛이었다. 잉크병을 엎지른 것처럼 순수한 쪽빛.

"튤립 색이 정말 신기하네요."

나는 중얼거렸다.

"저 튤립은 행방불명된 그와 함께 심은 겁니다."

선생님이 대답했다.

"어느 날 그가 구근을 한 주머니나 들고 왔죠. 꽃집에서 내다 버린 것을 그냥 얻어 온 것이라 크기가 나무 열매만 했어요. 그래서 싹이 트지 않을 줄 알았죠. 그런데 저렇게 열심히 꽃을 피우고 있군요……"

선생님은 눈동자만 창문 쪽으로 향했다.

"그런데 그는 꽃이 꼭 필 거라고 믿는 것 같았어요. 햇볕이 잘 드는 안뜰에 낡은 책상을 내다 놓고, 그 위에 구근을 늘어놓았죠. 정확하게 숫자를 세고 색깔별로 분류하고, 어떻게 하면 하나도 남기지 않고 화단에 심을 수 있을지 머릿속으로 계산을 했어요. 순간적으로, 그리고 정확하게. 그의 그런 계산 능력은 놀라울 정도였죠. 수학을 전공하는 그에게는 별일 아니었겠지만, 나는 정말 놀라웠습니다. 색도 몇 종류가 되었고, 개수도 제각각이었는데, 그의 계산에 따라 직사각형 화단에 전부 묻혔으니까요. 하나도 남기지 않고 말이에요."

방 구석구석으로 어둠이 천천히 흘러들었다. 부엌 식탁 위에 놓아둔 파운드케이크가 옅은 어둠 속에 웅크리고 있었다. 선생님은 다시 시선을 허공으로 돌리고 말을 이었다. 내가 간혹 맞장구를 치고 짧은 말로 대꾸를 해도 전혀 듣지 못하는 것처럼.

"햇볕을 듬뿍 쪼이게 한 후 우리는 그것을 화단에 심었어요. 화단은 오래도록 방치한 탓에 흙이 퍼석퍼석했지요. 그는 물뿌리개로 물을 뿌리면서 꽃삽으로 정성스럽게 흙을 뒤집었습니다. 어린애들이 모래 장난을 할 때 쓰는 꽃삽처럼 조그만 꽃삽으로 말이죠. 그것밖에 없었어요. 그는 물론 그 일련의 작업을 왼손으로 했습니다. 흙이 점차 부드럽게 물기를 머금 어갔죠."

나는 맞장구도 대꾸도 하지 않고 그의 말에만 귀를 기울이 기로 했다.

"그런 다음에 심었어요. 그는 일정한 간격으로 깊이 5센티 미터 정도의 구멍을 파고는, 왼 손바닥에 올려놓은 구근을 내 게 내밀었죠. 그는 구근과 나를 번갈아 쳐다보면서 씨익 미소 지었어요. 나는 고개를 끄덕이고 턱으로 그것을 톡톡 쳐서 떨 어뜨렸지요. 흙이 묻은 그의 왼손은 연필을 쥐고 숫자를 쓸 때와 다름없이 정말 아름다웠습니다. 땀으로 축축한 손바닥 에 흙이 묻어 있고, 흙 알갱이 하나하나가 햇볕에 반짝거렸습 니다. 손가락에는 꽃삽을 잡은 흔적이 빨갛게 남아 있었지요. 구근은 손바닥의 옴폭한 곳에 놓여 있었고요. 그곳에 턱을 들 이밀 때가 가장 가슴 아픈 순간이었어요. 지문과 투명하게 비 쳐 보이는 혈관과, 뜨끈한 피부의 온기와 그의 체취가 한꺼번 에 가슴으로 밀려드는 순간이었으니까요. 나는 그런 심정을 최대한 드러내지 않으려고 숨을 죽이고 턱으로 구근을 떨어 뜨렸습니다. 그것은 톡 하고 흙으로 떨어졌지요."

말을 끝내자 선생님은 눈도 깜박하지 않고 잠시 한 점을 응시하고는 한숨을 쉬었다.

그러고는 이렇게 말하고 눈을 감았다.

"미안해요. 잠시 쉬어야겠습니다."

어둠이 점차 퍼져나갔다. 우리 사이에서 침대의 하얀 시트만 부옇게 빛나고 있었다. 비는 어둠마저 감싸 안은 채 하염없이 내렸다.

선생님은 금세 잠이 들었다. 어이없을 정도로 매끄러운 잠의 방문이었다. 나는 벽에 걸린 기둥 시계와 쿠션과 잡지꽂이와 연필꽂이, 그런 방 안의 소품으로 차례차례 눈길을 옮기면서 어둠에 눈이 익기를 기다렸다. 모든 것이 잠에 빠진 듯 조용했다.

그 정적 속에서 무언가가 갑자기 고막을 울렸다. 꿀벌, 이라는 것을 나는 금방 알았다. 그것은 높고 낮음이 밋밋한 파장으로 똑바로 울렸다. 온 신경을 귓속에 집중시키자, 날개가 스치는 소리까지 분명하게 들을 수 있었다. 빗소리는 그 소리와 섞이지 않고 더 낮은 곳에 고여 있었다. 그때 내 안에서 숨쉬고 있는 것은 꿀벌의 날갯소리뿐이었다. 나는 그 밋밋하고 끝없는 소리를 기숙사가 빚어내는 음악처럼 들었다. 창 너머에서 꿀벌과 튤립과 저녁 어둠이 뒤섞였다.

그때, 내 발치로 끈적끈적한 방울이 톡 떨어졌다. 어둠 속에서도 눈앞으로 천천히 떨어지는 방울의 크기와 농도를 분명하게 감지할 수 있었다. 나는 천장을 올려다보았다. 둥글던 얼룩이 어느 틈엔가 아메바처럼 사방으로 퍼져 있었다. 끔찍하리만큼 빠른 성장이었다. 면적만 넓어진 정도가 아니라 입체적인 두께를 지니고 있었다. 방울은 그 얼룩 한가운데에서 느릿하게 떨어지고 있었다.

"뭐지?"

나는 혼자 중얼거렸다. 비처럼 순수한 액체는 아니었다. 훨씬 짙고 끈기가 있었다. 떨어진 후에도 카펫에 쉬 먹어들지 않고 털 사이에 머물러 있었다.

"선생님."

조그만 소리로 불러보았지만 선생님은 깨어나지 않았다. 그동안에도 날갯소리는 끊임없이 울렸다.

나는 조심조심 손을 내밀어보았다. 방울 하나가 가운뎃손가락 끝을 스치고 떨어졌다. 용기를 내어 조금 더 손을 내밀자 그다음 방울이 손바닥에 떨어졌다.

차갑지도 뜨끈하지도 않았다. 그저 끈끈한 감촉만 남았다. 나는 그것을 손수건으로 닦아낼까, 아니면 쥐어 뭉개버릴까

망설이면서 손바닥을 편 채로 딱딱하게 굳어 있었다. 방울은 톡, 톡 쉬지 않고 떨어졌다.

'대체 뭐지?'

나는 열심히 생각했다. 선생님은 잠들었고, 사촌 동생은 합숙 중이고, 수학을 전공하는 그는 행방불명이 되었다. 나는 정말 혼자였다.

'연필을 쥐고 수학 문제를 풀고 꽃삽으로 구근을 심었다는 그의 아름다운 왼 손가락은 어디로 가버린 것일까.'

톡.

'왜 저렇게 묘한 색의 튤립이 핀 것일까.'

톡.

'왜 나는 늘 사촌 동생을 만날 수 없는 것일까.'

톡.

방울과 함께 온갖 의문이 떨어졌다.

'왜 선생님은 사촌 동생의 근육과 관절과 견갑골을 그렇게 자세하게 묘사할 수 있는 것일까.'

나는 점차 숨이 갑갑해졌다. 벌리고 있는 손바닥이 저리면서 무거워졌다. 갈 곳 없는 방울이 손바닥에 웅크리고 있었다.

"이거, 혹시 피가 아닐까?"

나는 소리 내어 말해보았다. 날갯소리 때문에 내 목소리를 제대로 들을 수가 없었다.

'그래. 이 감촉, 이건 피야. 이렇게 생생하게 피를 느껴본 적이 있었나? 지금까지 가장 많은 피를 본 것이, 그래 그때 눈앞에서 젊은 여자가 차에 치였을 때. 나는 열 살이었고, 스케이트장에서 돌아오는 길이었지. 하이힐과 찢어진 스타킹, 아스팔트로 피가 흘러나왔어. 부풀어 오른 것처럼 끈적끈적하게. 그때하고 똑같아.'

나는 선생님의 이름을 부르면서 그의 몸을 흔들었다.

"선생님, 일어나보세요."

이불에 피가 묻었다. 슬리퍼 끝으로 피가 떨어졌다.

"선생님, 제발 일어나세요."

선생님의 몸은 어두운 덩어리가 되어 침대 속에서 그저 흔들릴 뿐이었다. 양팔과 한쪽 다리가 없는 몸이 가벼워 나라도 안아 올릴 수 있을 것 같았다. 몇 번이고 몇 번이고 선생님의 이름을 불렀다. 그러나 그는 내 목소리가 닿지 않는 저 먼 잠의 심연 속에서 헤매고 있었다.

'동생은 어디로 간 거시?'

가장 큰 의문점이 떠올랐다. 안경테를 누르면서 고개 숙인 채 한숨을 쉬듯 미소 짓는 그가 보고 싶어 견딜 수가 없었다. 어서 빨리 그를 찾아내야 해, 하고 간절하게 생각했다.

나는 더듬더듬 선생님의 방에서 나와 계단을 달려 올라갔다. 전구가 전부 깨진 기숙사에는 구석구석 어둠이 밀려와 있었다. 끈적거리는 손바닥과 얼룩진 슬리퍼 따위는 전혀 거슬리지 않았다. 나는 밤을 밀어내면서 기숙사 안을 뛰었다. 가슴이 두근거리고 숨이 막혔지만, 그런데도 날갯소리는 귓속을 떠나지 않았다.

사촌 동생의 방은 잠겨 있었다. 두 손으로 손잡이를 잡고 돌리고 누르고 잡아당기고, 생각나는 온갖 방향으로 틀어보았지만 헛수고였다. 손잡이가 금세 끈끈해졌다.

다음에는 수학을 전공하는 그의 방으로 뛰어갔다. 그 방은 손쉽게 열렸다. 전에 보았을 때와 무엇 하나 달라진 것이 없었다. 스키와 심야버스표와 벗어놓은 스웨터와 수학 공책이 잠든 채 그를 기다리고 있었다. 옷장 속도 들여다보고 침대도 들춰보았지만, 사촌 동생은 어디에도 없었다.

'역시 저 방울이 떨어지는 천장 위로 올라가 봐야 하나?'

나는 시 한 줄을 읽듯이 청명한 의식으로 생각했다. 그리고 이번에는 한 단씩 조심스럽게 계단을 내려와, 로비에 있는 신발장에서 손전등을 꺼내 밖으로 나갔다.

안뜰을 돌아가는 사이에 머리도 옷도 전부 젖고 말았다. 이슬비였지만, 그것은 커다란 거미집처럼 내 몸을 싸늘하게 뒤덮었다.

나는 안뜰에 나뒹구는 맥주 상자를 모아 선생님의 방 환기구 밑에 쌓았다. 몸은 다 젖고 발치는 흔들흔들 불안하고, 그리고 혼자인데도 무섭지는 않았다. 나는 내가 어딘지 모를 비좁은 틈새에 끼었다고 생각했다. 그뿐, 이라고 속으로 중얼거렸다.

환기구 뚜껑은 녹이 슬고 무거웠다. 손을 떼자 뚜껑이 묵직한 소리를 내며 땅으로 떨어졌고, 그 바람에 맥주 상자가 흔들렸다. 나는 환기구에 매달렸다. 속눈썹과 두 볼과 목덜미로 빗방울이 떨어졌다. 하늘을 올려다보자 비밖에 보이지 않았다. 나는 미끄러운 손가락으로 간신히 손전등의 스위치를 켜고 안을 비췄다.

그곳에 있는 것은 벌집이었다.

처음 그것이 눈에 들어왔을 때에는 벌집인지 몰랐다. 평평한 공간 속에 생뚱맞게 덩그러니 놓여 있는 데다 내 눈이 의심스러울 만큼 크기도 컸고, 그리고 나는 한 번도 벌집을 지

굿하게 바라본 적이 없기 때문이었다.

그것은 돌연변이로 태어나 제멋대로 증식한 과일 같았다. 온통 자잘한 가시가 튀어나와 있는 표면에 유연한 곡선 무늬가 새겨져 있었다. 너무도 비대해져 제 힘으로 형태를 유지하지 못하고 여기저기 금이 가 있었다.

금이 간 틈새로 꿀이 흘러나오고 있었다. 피처럼 짙게, 소리 없이, 줄줄 흘러나오고 있었다.

나는 날갯소리를 들으면서 그 풍경을 바라보았다. 구부러진 늑골을 품은 채 잠에 빠진 선생님과 아름다운 왼 손가락과 함께 사라진 그와 완벽한 견갑골로 숯을 던지는 사촌 동생을 생각했다. 기숙사 어딘가에 있을 깊은 한 점으로 빨려 들어가는 그들을 붙잡고 싶어, 나는 벌집으로 손을 뻗었다. 꿀은 내 손끝에서 아주 먼 곳에서, 언제까지나 하염없이 흘러나왔다.

해 질 녘의 급식실과
비 내리는 수영장

"크기와 모양이 고른 새우들은 등을 쫙 편 모습으로 컨베이어 벨트를 타고 갑니다. 그러다 어떤 지점에 이르면 칼이 내려와 등을 똑바로 찌르죠. 한 치의 오차도 없이요. 폭, 스륵스륵, 폭, 스륵스륵, 그 반복이죠. 한참을 쳐다보면 현기증이 날 정도입니다. 그런 다음 각각의 정거장에서 밀가루, 계란, 빵가루 위를 구릅니다. 그런 일련의 과정에도 전혀 불필요한 부분이 없죠."

「夕暮れの給食室と雨のプール」《문학계》1991년 3월호

내가 주주와 함께 그 집으로 이사 간 것은 초겨울의 안개 낀 어느 날 아침이었다. 이사라고 해봐야 짐이라고는 낡은 서랍장에 책상 하나, 그리고 종이 상자 몇 개가 전부라 아주 단출했다.

조그만 트럭이 덜컹거리면서 안개 속으로 사라져가는 모습을 나는 툇마루에 걸터앉아 바라보았다. 주주는 새 집의 냄새를 확인하듯 처마 밑과 블록 담과 유리 현관문에 코를 비벼대고는 고개를 갸웃거리며 끄응끄응 뭐라고 중얼거렸다.

안개는 꿈틀꿈틀 한 방향으로 흐르고 있었다. 그것은 풍경을 뒤덮어버리는 답답함이 아니라 투명함과 청결함을 지니고 있었다. 손을 내밀면 그 얇고 싸늘한 베일의 촉감이 느껴질 것 같았다.

나는 종이 상자에 기대어 오래도록 안개를 바라보았다. 마침내는 뽀얀 물방울 입자 하나하나가 눈에 보이는 듯했다. 주주는 냄새를 맡으러 돌아다니다 지쳤는지 내 발치에 몸을 웅크리고 앉았다. 등이 서늘해져 나는 기대고 있던 종이 상자를 열고 안에서 카디건을 꺼내 걸쳤다. 작은 새가 한 마리, 안개를 뚫고 하늘 높이 똑바로 날아올랐다.

처음 이 집을 마음에 들어 한 것은 그였다.

"너무 낡고 고리타분한 거 아냐?"

페인트가 벗겨진 덧문을 손가락으로 만지작거리면서 나는 말했다.

"아니지, 낡기는 했지만 이 웅장한 분위기가 좋잖아."

그는 굵직한 기둥을 올려다보면서 말했다. 그것은 검고 반들반들하게 빛났다. 과연 골조는 튼튼해 보였다.

"가스레인지도 온수기도 옛날 고릿적 스타일인데."

나는 가스레인지 스위치를 두세 번 돌려보았다. 딸깍, 딸깍하고 마른 소리가 났다. 부엌 벽의 타일은 꼼꼼하게 청소는

되어 있었지만 군데군데 깨지고 떨어져 나가 시멘트가 드러나 보였다. 그런데 그 모양이 또 무슨 기하학적 무늬처럼 보였다.

"와, 이거 굉장한데, 독일제야. 이런 거 별로 없잖아요. 외제에다 골동품 가스레인지라."

그는 부동산 중개업소의 여직원에게로 시선을 돌렸다. 그녀는 고개를 끄덕거리면서 말했다.

"네, 맞아요. 10년 전쯤에 이 집에 하숙했던 독일 유학생이 그냥 두고 간 거예요. 명실상부한 독일제죠."

'독일'이라는 단어에 유난히 힘이 담겨 있었다.

"그럼 걱정할 거 없네. 쉬 고장이 나지는 않을 거야."

그는 미소 지었다.

우리는 침실과 욕실과 거실을 차례대로 둘러보았다. 그리고 문은 튼튼한지, 수도관은 얼마나 녹이 슬었는지, 콘센트는 몇 개나 되는지를 조사했다. 그리 오랜 시간이 걸리지는 않았다. 방은 모두 아담하고 깨끗했다. 마지막으로 툇마루에 왔을 때, 그가 창 너머 마당을 내다보면서 말했다.

"됐어, 이곳으로 정하지. 이만하면 주주도 같이 살 수 있겠어."

화단도 나무도, 아무런 꾸밈이 없는 썰렁한 마당이었다. 군데군데 클로버가 돋아 있었다.

"그렇네. 주주하고 같이 살 수 있으면 됐지 뭐."

내가 대답하자 여직원은 "감사합니다" 하면서 기쁜 듯 고개를 숙였다.

주주는 새 집으로 옮겨야 할 가장 소중한 존재였다. 그 밖에는 무엇 하나 소중한 것을 준비할 수 없었다. 반대가 큰 결혼인 만큼 어쩔 수 없는 일이었다.

우리가 결혼이란 말을 입에 담았다 하면 모두들 인상을 찌푸리고 잠시 침묵했다. 그러고는 "잘 생각해봐, 그런 문제는……"이라고 조심스럽게 중얼거렸다.

이유는 넘칠 정도로 많았지만 아주 단순했다. 우선 그는 결혼에 한 번 실패한 경험이 있다. 사법고시에 열 번이나 낙방했다. 게다가 체질적으로 혈압이 높고 편두통이 있다. 아무튼 둘은 나이 차가 너무 심한 데다 가난하다.

주주가 하품을 했다. 동그랗게 말린 꼬리 끝이 안개 탓에 젖어 있는 듯 보였다. 검정과 갈색 얼룩무늬 털이 클로버 위에 누워 있었다. 어느 틈엔가 안개가 옅어지면서 햇살이 희미하게 비치기 시작했다.

　나는 아무렇게나 널려 있는 종이 상자에 눈을 돌리고, 무엇부터 손을 대면 좋을까 생각했다. 커튼도 바꿔야 하고 화장실에는 벽지를 발라야 하고 벽장에는 방충 시트를 깔아야 하고, 이 낡은 집에는 수리할 곳이 얼마든지 있었다. 3주 후, 둘만의 결혼식을 올리고 그가 이 집으로 이사를 올 때까지 그런 자질구레한 일들을 모두 해놓아야 한다.

　하지만 지금은 아무튼 안개를 보고 싶었다. 서두를 필요는 없었다. 혼자 지내는 소중한 마지막 3주를 마음껏 즐기자고 나는 생각했다. 그러고는 긴 숨을 토해내고 발끝으로 주주를 건드렸다. 주주의 몸은 따스하고 포근했다.

　안개가 낀 다음 날은 비가 내렸다. 비는 아침에 눈을 떴을 때부터 부슬부슬 쉬지 않고 내렸다. 가는 실 같은 물방울이 하염없이 유리창을 타고 흘러내렸다. 건너편 집도 전신주도 주주의 집도 그저 꼼짝 않고 조용히 비에 젖어가고 있었다. 창 너머에서 움직이는 것은 오직 흘러내리는 물방울뿐이었다.

　짐 정리는 전혀 신적이 없었다. 옛 편지를 다시 읽어보고, 앨범을 한 장 한 장 들추다 보니 어느새 점심때가 되었다. 뭐라도 먹을까 싶었지만, 조리 도구와 그릇이 제대로 갖춰져 있지 않아 그럴듯한 먹거리는 만들 수 없을 것 같았다. 이렇게 비가 내리는데 시장을 보러 나가기도 귀찮았다. 그래서 물을 끓여 인스턴트 수프를 만들어 비상식인 건빵과 함께 먹었다. 독일제 가스레인지는 쉭 하고 보란 듯이 불이 붙었다.

낯선 방의 풍경과 혀에 닿는 퍼석퍼석한 건빵의 감촉 때문인지 빗소리가 한결 고즈넉하게 귓속으로 파고들었다. 그의 목소리를 듣고 싶었지만, 전화가 없었다. 텔레비전도 라디오도 오디오도 없었다. 할 수 없이 현관에 드러누워 있는 주주를 안아 올렸다. 주주는 깜짝 놀란 듯 몸을 비틀고는 신이 나 꼬리를 흔들었다.

오후에는 욕실에 페인트를 칠하기로 했다. 다른 방과 마찬가지로 욕실 역시 구조가 단순했다. 법랑 욕조와 은색 수도꼭지와 수건걸이가 있을 뿐이다. 여분의 공간은 전혀 없는데 왠지 답답하다는 느낌은 전혀 들지 않았다. 천장이 높고 큼지막한 창문이 있는 덕분인지도 모르겠다.

욕실 내부는 독일인 유학생이 살았을 때는 아마도 낭만적인 분홍색이지 않았을까 싶었다. 타일 구석에 그 흔적이 희미하게 남아 있었다. 하지만 오랜 시간 뜨거운 김과 비눗기를 빨아들인 그 색상은 봐줄 수 없을 정도로 칙칙하게 변해 있었다.

나는 낡은 옷으로 갈아입고 그 위에다 비옷을 입고 고무장갑을 꼈다. 환풍기를 돌리고 창문을 활짝 열었다. 비는 여전히 내리고 있었다.

페인트는 생각했던 것보다 훨씬 고르고 깔끔하게 벽에 스몄다. 욕실은 점차 선명하게 빛나기 시작했다. 때로 비가 들이쳐 갓 칠한 페인트 위로 물방울이 튀었다. 얼룩이 지지 않도록 조심하면서 나는 붓질에만 마음을 쏟았다.

벽을 절반쯤 칠했을 때, 갑자기 현관 벨이 울렸다. 이 집에서 벨 소리를 듣기는 처음이라 나는 몹시 놀랐다. 그것은 동물의 비명처럼 거칠게 울렸다.

현관 밖에는 세 살 정도의 남자아이와 아버지인 듯한 삼십대 남자가 서 있었다. 둘은 투명한 비옷을 똑같이 입고 모자를 쓰고 있었다. 비에 흠뻑 젖은 비옷에서 물방울이 똑똑 흘러 떨어졌다. 나는 페인트가 묻어 분홍색으로 물든 내 비옷을 얼른 벗었다.

"이렇게 비가 오는 날에 찾아뵈어서, 정말 죄송합니다."

남자가 이름과 용건 대신 그렇게 말을 꺼내 나는 당황하지 않을 수 없었다.

"최근에 이사를 오셨나요?"

"아, 네."

나는 애매하게 대답했다.

"이 동네는 바다도 가깝고, 조용하고 평화롭고, 살기 좋은 곳이군요."

누워 있는 주주에게 눈길을 돌리면서 남자는 말했다.

남자아이는 아버지의 왼손을 꼭 잡고 얌전하게 서 있었다. 노란 장화에도 빗방울이 잔뜩 맺혀 있었다. 장난감처럼 조그만 장화였다. 잠시 침묵의 시간이 흘렀다.

"당신은 고통으로 괴로워하고 있지 않은지요?"

남자가 불쑥 물었을 때, 나는 그들이 어떤 종교단체에서 나온 사람이라는 것을 알았다. 그런 방문객들은 일부러 날씨가 궂은 날을 골라 어린아이를 앞세워 찾아와서는 나를 당혹스럽게 한다.

그러나 그들은 내가 지금까지 만난 그 어떤 종교계 사람들과도 분위기가 달랐다. 종교는 물론 흔히 볼 수 있는 판촉사원과도 닮지 않은 특수한 분위기를 띠고 있었다.

우선 그들은 빈손이었다. 팸플릿과 성서와 카세트는 물론

우산조차 들고 있지 않았다. 서로의 한 손을 꼭 잡고 나머지 한 손은 똑바로 아래를 향하고 있었다. 그 꾸밈없는 모습이 그들을 단아하게 보이게 했다.

그리고 둘 다 웃고 있지 않았다. 뭔가를 권유하는 사람 특유의 자신감에 찬 끈끈한 미소는 어디에도 없었다. 그렇다고 불손하고 무뚝뚝한 것도 아니었다. 다만 웃고 있지 않을 뿐이었다.

아니 그들의 눈빛은 오히려 슬픈 빛을 띠고 있었다. 빤히 쳐다보면 소리 없이 녹아버릴 듯한 시선이었다. 그것은 허망한 듯 보이면서도 가슴속 깊이 파고들어 와 여운을 남겼다.

나는 어떻게든 그의 질문에 대답하려고 했다. 마음속으로 고통이란 말을 중얼거려보았다. 그것은 평소에는 잘 들을 수 없는 철학 용어처럼 실체가 없었다. 두 사람은 여전히 물방울을 똑똑 떨어뜨리면서 나와 주주를 보고 있었다.

"정말, 어려운 질문이네요."

나는 말을 더듬었다.

"네, 그렇죠."

남지기 말했다.

"우선은 고통이란 말의 정의를 모르겠어요. 겨울비도, 비에 젖은 장화도, 현관에 누워 있는 강아지도, 고통이랄 수 있고……"

"그래요. 당신 말이 옳습니다. 무엇이든 정의를 하려고 들면 실체는 금세 모습을 감춰버리니까요."

남자는 몇 번이나 고개를 끄덕거린 후 입을 다물었다. 빗소리만 우리들 사이를 떠다녔다. 어떻게 수습하면 좋을지 모를 난감한 침묵이었다. 지금 바쁘다고 그만 돌아가달라고 할 수도 있었다. 실제로 나는 페인트를 칠하는 중이었으니까. 그런데도 역시 그렇게 하지 않은 것은 그들이 풍기는 독특한 분위기 탓이었는지도 모르겠다.

"꼭 대답을 해야 하나요? 당신과 그 질문과 저 사이에는 아무런 연관성도 없을 것 같은데요. 당신은 거기에 서 있고, 질문은 허공에 떠다니고, 저는 여기에 있고, 그뿐이잖아요. 변화의 여지는 없어요. 강아지의 기분이야 어떻든 비가 내리는 것처럼요."

나는 고개를 숙이고 손가락으로 비옷에 묻은 페인트 얼룩을 더듬었다.

"강아지의 기분이야 어떻든 비는 내린다."

남자는 낮은 목소리로 내 말을 되풀이했다. 주주가 목을 잔뚝 추켜올리고 하품을 했다.

"아주 적확한 대답인지도 모르겠군요. 더 이상 지체할 필요가 없을 것 같군요. 정말 죄송합니다. 그럼 이만."

남자가 정중하게 인사를 하자 아이도 덩달아 고개를 숙였다. 그리고 둘은 미련 없이 빗속으로 사라졌다. 강요나 억지 따위는 전혀 없었다. 나는 그들이 왜 이 집을 찾아왔고, 또 어디로 가는 것인지 생각하려다 금방 그만두었다. 내가 하던 일이 생각났기 때문이다. 나는 비옷을 걸치고 현관문을 잠갔다. 그들이 서 있던 장소에 물이 고여 있었다.

부엌 벽에 선반을 설치하고 마룻바닥에 왁스 칠을 하고 마당 한구석에 화단을 만들다 보니 나도 모르게 며칠이 지났다. 나는 온 집 안을 돌아다니며 묵묵히 작업을 계속했다. 할 일은 얼마든지 있었고, 무엇보다 결혼식이 머지않았기에 혼자 있어도 외롭지 않았다. 그래도 가끔 기분 전환 삼아 주주를 데리고 산책을 나갔다. 우리는 여기저기 샛길을 걸어 다니며 앞으로의 생활에 필요한 은행과 미장원과 약국을 찾았다. 활기찬 거리는 아니었지만 그래도 온갖 가게가 있어 별 불편은 없을 것 같았다. 때로 나처럼 느긋하게 산책을 즐기는 노인들과 스쳐 지나갔다.

미로 같은 골목길에서 빠져나와 언덕을 올라가자 방죽이 죽 이어졌다. 바람은 자고 햇살은 화창한 오후였다. 방죽 너머로 화물선이 몇 척 떠 있는 길쭉한 바다가 파란 하늘과 섞여 있었다. 주주가 뛰어가자 햇살이 반사되어 목줄이 반짝반짝 빛났다. 모든 것이 따스한 온기에 싸여 있었다.

방죽을 따라 죽 걸어가자 바다가 조금씩 넓어졌다. 머리 바로 위에서 갈매기들이 어지럽게 날았다. 빨간 우체국 차가 천천히 지나갔다.

방죽 밑에 초등학교가 있었다. 3층짜리 콘크리트 건물에 체육관과 신발장과 토끼장이 있는 평범한 학교였다. 주주가 문득 뭔가 생각났다는 듯이 초등학교 뒷문을 향해 잡초가 무성한 방죽을 뛰어 내려갔다. 어쩔 수 없이 나도 주주의 뒤를 따랐다. 그리고 뒷문 앞에 서 있는 그들의 모습이 시야에 들어왔다.

비옷을 제외하면 그들의 차림새는 지난번과 다름없었다. 아무것도 들지 않은 빈손을 꼭 잡고 그저 가만히 서 있었다. 내 얼굴을 잊어버렸으리라 여겼는데 남자가 금방 나를 알아보고는 말을 걸었다.

"지난번에는 실례가 많았습니다."

남자가 정중하게 머리를 숙였다.

"아니에요."

나도 허둥지둥 인사를 했다.

주주는 흥분해서 우리 사이를 돌아다녔다. 목줄에서 찰랑찰랑 소리가 났다. 아이의 눈길은 주주를 쫓고 있었다.

"일하는 중이신가요?"

나는 '일'이라는 단어가 과연 적절한지 주저하면서 물었다.

"아니요, 그런 건 아닙니다. 잠시 쉬고 있어요."

비 내리는 날에는 몰랐는데 그들은 꽤 고급스럽고 단정한 옷을 입고 있었다. 남자는 차분한 카키색 양복, 아이는 순모 스웨터에 티끌 하나 없이 새하얗고 목이 긴 양말, 나른한 오후의 거리에서는 상당히 눈길을 끄는 차림이었다.

"강아지가 귀엽군요."

"고마워요."

"이름이……"

"주주예요. 댁의 아드님도 정말 귀여워요."

"고맙습니다."

"몇 살이나 됐나요?"

"세 살하고 두 달이 되었죠."

그런 대화를 나누고 나자 더 이상은 할 말이 없었다. 침묵이 바람처럼 흘러들었다. 이제 우리 사이에 남아 있는 것은 고통이라는 말뿐이었다. 그가 그 말을 다시 꺼내기 전에 자리를 뜨자고 생각하면서도 그러지 못한 것은, 그의 눈에 어려 있는 허망한 그림자가 내 마음 어딘가에 걸렸기 때문이었다.

초등학교 뒷문은 다양한 소리가 모이는 곳이다. 음악실에서는 리코더와 오르간의 합주, 운동장에서는 달리기와 호루라기 소리, 바다에서는 희미한 기적, 온갖 소리가 들려왔다. 나는 그들의 발치 언저리를 바라보면서 그 하나하나의 소리에 귀를 기울였다. 주주는 문기둥 옆이 마음에 드는지 그곳에 웅크리고 앉았다.

"강아지 만져봐도 돼요?"

남자아이가 불쑥 입을 열었다. 내가 아이의 말소리를 들은 것은 처음이었다. 낭랑하고 투명한 목소리였다.

"그럼. 여기를 쓰다듬어주면 아주 좋아할 거야."

나는 침묵이 깨진 것에 안도하면서 주주의 목덜미를 쓰다듬었다. 주주는 눈을 지그시 감고 연분홍색 혀로 내 볼을 핥았다. 아이는 아버지의 손을 놓고 주주의 꼬리 쪽에서 살금살금 손을 뻗었다. 통통하고 동그란 손가락이 얼룩무늬 털 속에 절반쯤 묻혔다.

"이 초등학교에, 무슨 볼일이 있으신가요?"

나는 남자를 쳐다보면서 말했다.

"아니요. 그냥 여기서 급식실을 바라보고 있는 중이었습니다."

그는 급식실이라는 단어가 아주 특별하고 소중한 무엇이라도 되는 듯 천천히 발음하고서, 뒷문 너머에 있는 커다란 창문으로 눈길을 돌렸다.

"급식실, 이요?"

"네."

그가 고개를 끄덕거렸다.

창 너머 안쪽은 정말 급식실이었다. 점심시간이 막 끝났는지, 그곳에서는 식기를 씻는 작업이 한창 진행 중이었다. 접시와 사발과 숟가락이 산더미처럼 담긴 바구니가 몇 개나 컨베이어 벨트 위를 흘러가고 있었다. 속도는 놀이공원의 회전목마만큼이나 느렸다. 군데군데 수영장의 샤워실 같은 정거장이 있고, 그곳에 도착하면 바구니는 잠시 정지했다. 그 몇 초 동안 사방에 있는 샤워기 꼭지에서 뿜어 나오는 물방울에 가려 바구니가 보이지 않는다. 그러다 어느 순간 물줄기가 멈추면서 물방울에 반짝반짝 빛나는 바구니가 다시 움직이기 시작한다.

"아이가 이곳을 좋아해서요. 마냥 바라보고 있었죠."

"어머나, 재미있나 보네요."

"글쎄요. 어린아이들은 엉뚱한 것에 마음을 팔곤 하니까요."

그때 처음으로 남자가 미소를 지은 듯 보였다. 물론 그것은 전도를 위해 돌아다니는 사람들 특유의 미소보다는 훨씬 소박한 것이었다. 틀림없이 미소이기는 한데 그의 인상적인 눈길 탓에 꽃잎처럼 얇고 섬세해 보였다.

"이 어리고 귀여운 아드님과 급식실이 무슨 연관이 있나요?"

"우리들은 상상도 할 수 없는 기묘하고 복잡한 회로가 존재하는지도 모르지요."

남자가 중얼거렸다. 아이는 점차 주주에게 익숙해져 꼬리를 잡아당기고 등을 껴안기도 했다. 주주는 눈을 감은 채 몸을 아이에게 내맡기고 있었다.

급식실에서는 세정 작업이 계속되고 있었다. 하얀 작업복에 마스크와 머릿수건을 쓴 조리사들이 컨베이어 벨트 사이를 오갔다. 어떤 사람은 샤워기 꼭지의 각도를 조절하고, 어떤 사람은 종점에 온 식기를 건조기로 운반했다. 모두들 말없이 원활하게 움직였고, 기계와 바닥과 창문은 청결했다. 급식실이라기보다 고도의 기능성을 지닌 아담한 공장 같았다.

"역시 오전 중의 급식실이 더 볼만하군요."

남자가 말했다.

"그런가요?"

"물론입니다. 오전에는 작업 내용이 훨씬 복잡하고 다양하죠. 천 명이 넘는 학생들의 점심을 만드니까요. 천 개의 빵, 천 개의 새우튀김, 천 조각의 레몬, 천 팩의 우유…… 상상이 되십니까?"

나는 고개를 가로저었다.

"그렇게 막대한 양의 식자재를 보고 있노라면 어른이라도 어떤 감회를 느끼게 되죠."

그는 손바닥으로 유리창에 서린 김을 닦았다. 숨이 닿을 정도로 가까이에 그의 손이 있었다. 길고 매끄러운 손가락이었다.

"천 개의 양파, 십 킬로그램의 버터, 오십 리터의 식용유,

백 다발의 스파게티, 그런 것들이 질서 정연하게 처리됩니다. 모든 공정이 정확하게 계산되어 있어요. 이 급식실에는 최첨단 설비가 있어서 컴퓨터 프로그램을 새우튀김으로 설정하면, 아, 제어실은 2층에 있는 것 같더군요, 충실한 기계들이 새우튀김 모드로 작동하기 시작하죠. 새우를 두 쪽으로 가르는 것도 기계가 다 합니다. 굉장하죠?"

그는 잠시 나를 쳐다보았다가 다시 급식실로 시선을 돌렸다.

"크기와 모양이 고른 새우들은 등을 쫙 편 모습으로 컨베이어 벨트를 타고 갑니다. 그러다 어떤 지점에 이르면 칼이 내려와 등을 똑바로 찌르죠. 한 치의 오차도 없이요. 폭, 스륵스륵, 폭, 스륵스륵, 그 반복이죠. 한참을 쳐다보면 현기증이 날 정도입니다. 그런 다음 그들은 각각의 정거장에서 밀가루, 계란, 빵가루 위를 구르게 됩니다. 그런 일련의 과정에도 전혀 불필요한 부분이 없죠. 빈틈없이 튀김옷이 묻도록 계산되어 있으니까요. 마지막으로 그들은 기름 속으로 떨어집니다. 마치 최면에 걸린 것처럼 얌전하게. 그리고 한 마리도 타거나 덜 익거나 하는 일 없이, 노릇노릇 고르게 튀겨질 만한 시간이 되면 일제히 끌어 올려지지요."

남자는 천천히 눈을 깜박거렸다. 세정 작업은 지금도 계속되고 있다. 아무도 우리에게 신경을 쓰지 않았다. 음악실에서는 캐스터네츠와 트라이앵글 소리가 들려왔다.

"정말 알아듣기 쉬운 설명이었어요. 지금 제 머릿속에도 컨베이어 벨트를 타고 온 새우 천 마리가 튀김이 되어 진열되어 있어요."

"아, 다행이네요."

그는 그렇게 말하고 가볍게 머리칼을 쓰다듬었다. 투명한 바다색이 연상되는 남성 화장품의 향이 둥실 떠올랐다.

"그런데 언제까지 계속되나요, 이 작업은?"

바구니가 끝도 없이 흘러갔다.

"학생들이 하교할 때까지죠."

"저 샤워기에서 뿜어내는 액체는 물인가요?"

"첫 샤워기에는 세제가 들어 있어요. 그다음부터는 전부 물이죠. 미묘하게 각도를 바꿔가면서 빈틈없이 행구는 작업을 하게 되니까요."

"정말 잘 아시네요. 급식실 평론가 같아요."

"무슨 말씀을."

그는 머쓱해하면서 미소 지었다. 아까보다는 다소 깊어진 미소였다.

"벌써 한 달 가까이 이 지역을 돌면서 매일 한 번은 여기에 왔으니까요. 아이가 기분이 별로 안 좋거나 심심해할 때 말이죠. 전에 담당했던 지역은 초등학교에 급식실이 없어서 좀 허전했습니다. 그런데 이 지역은 정말 좋아요. 지금까지 우리가 체험한 급식실 가운데 최고 수준입니다."

나는 적당한 말이 떠오르지 않아 그저 고개만 끄덕였다. 급식실의 등급 따위는 한 번도 생각해본 적이 없기 때문이었다.

"여러 지역을 돌아다니면서 전도나 권유 같은, 그런 활동을 하시나요?"

나는 단어를 골라가며 신중하게 물었다.

"네, 뭐 그런 셈이죠."

그는 모호하게 대답했다. 일 얘기가 나오자 갑자기 입이 무거워진 것 같았다. 그에게는 고통이란 말보다 급식실이라는 말이 훨씬 어울려 보였다.

주주를 쓰다듬고 만지작거리다 이제는 만족했는지 아이가 우리 사이로 파고들었다. 스웨터 가슴팍에 주주의 털이 엉켜 있었다. 그 한 올 한 올이 햇살을 받아 엷게 빛났다.

"아빠, 내일 메뉴는 뭘까?"

아이는 몸을 비비듯 기대면서 남자의 손을 잡고 물었다.

"햄버그스테이크일 거야."

"어떻게 알아?"

"고기를 다지는 빙수기 비슷한 기계를 창고에서 꺼내는 걸 봤거든. 그러니까 틀림없을 거야."

"와, 재밌겠다."

아이는 그 자리에서 두세 번 깡충거리고, 남자는 다시 한 번 김이 서린 유리창을 닦았다. 나는 유리창에 비친 두 사람의 옆얼굴을 오래도록 바라보았다.

조금씩 신혼살림이 갖춰졌다. 친구가 선물로 침대 커버를 보내주었고, 그릇 선반에는 새하얀 접시가 놓이고, 세탁기 설치 공사도 끝났다. 물건들이 가만히 눈을 내리뜨고 새로운 생활이 시작되기를 기다리고 있었다.

신랑이 일요일에 어디선가 싸게 산 목재를 들고 와 빨래걸이를 만들어주었다. 마당에 구멍을 두 군데 파고 손질한 목재를 세웠다. 모래종이로 밀어 매끈매끈한 대나무를 그 사이에 길지사 넛진 빨래걸이가 되었다. 우리는 완성된 빨래걸이가 만족스러워, 툇마루에 앉아 한참을 바라보았다.

전화기를 살 여유가 없어서 연락을 해야 할 때면 어쩔 수 없이 전보를 쳤다.

"다음 주 토요일 10시 교회에서 예식 절차 의논"이나 "전입 신고 서두르기 바람" 같은 중요한 연락도 있었지만 "잘 자"라는 한마디뿐인 전보도 있었다. 그것이 배달되었을 때 마침 잠을 자려고 한쪽 다리를 침대에 올려놓았던 나는 무척이나 감동했다. 잠옷 차림으로 어두컴컴한 현관에 서서 "잘 자"라는 한마디를 쉰 번은 읽었다. 그 한 글자 한 글자가 내 몸 구석구석까지 스며들었다. 주주는 실눈을 뜨고 왜 잠을 방해하느냐는 듯 나를 올려다보았다.

그들을 만난 후로 주주와 산책을 할 때면 반드시 초등학교 뒷문이 보이는 방죽을 지난다. 그러나 뒷문 언저리에는 음악실과 운동장과 바다에서 들려오는 소리만 어지러울 뿐 사람은 그림자도 없었다.

방죽 위에서 급식실 창문을 내려다보았지만 거의 아무것도 보이지 않았다. 그곳은 김도 연기도 아닌 불투명한 기체에 싸여 있었다. 한번은 닭 마크가 찍혀 있는 트럭이 뒷문 앞에 서 있었다. 컨베이어 벨트 위에서 두 다리를 벌리고 퀭한 눈으로 허공을 쳐다보는 닭들이 정밀하게 계산된 작업을 거쳐 튀김으로 변모하는 모습을 상상하면서 나는 주주와 함께 방죽을 걸었다.

결국 그들과 재회한 것은 새우튀김의 제조 과정에 대해 설명을 들은 날에서 열흘쯤 지난 어느 날 저녁이었다.

태양이 바다를 황금빛으로 물들이고 있었다. 파도도 배도 등대도, 모든 것이 황금빛으로 일렁거렸다. 바람이 햇살의 온기를 몰아갔다. 방죽에 돋은 잡초가 사륵사륵 흔들렸다.

그들은 급식실 창문 아래 놓인 종이 상자에 나란히 앉아 있었다. 털 방울이 달린 포근한 모자를 쓴 아이의 두 다리가 덜렁거렸다. 남자는 턱을 괴고 먼 곳을 바라보고 있었다.

처음 두 사람을 알아본 것은 주주였다. 주주가 꼬리를 흔들면서 네 다리가 꼬일 만큼 허둥지둥 뛰어 내려갔다.

"주주다!"

남자아이는 하늘을 찌를 듯 선명한 목소리로 소리를 지르면서 종이 상자에서 뛰어내렸다. 모자에 달린 털 방울이 달랑달랑 흔들렸다.

"안녕하세요."

나도 덩달아 뛰어 내려갔더니 숨이 찼다.

"아."

남자는 늘 보이던 미소를 띠었다.

두 사람이 걸터앉아 있던 것은 홍당무 상자였다. 빨갛게 익은 싱그러운 홍당무 그림이 두 군데에 인쇄되어 있었다. 그 밖에도 냉동 오징어와 푸딩과 옥수수와 우스터소스와, 다양한 종류의 종이 상자가 쌓여 있었다.

학생들이 모두 하교한 후라 악기 소리도 달리기를 하는 소리도 들리지 않았다. 건물 그림자가 길게 뻗어 있는 운동장에는 정적만이 움직이지 않는 물처럼 고여 있었다. 토끼장에는 토끼 세 마리가 옹기종기 모여 있었다.

급식실에도 사람은 없었다. 늘 김이 서려 있던 유리창이 투명해서, 스테인리스 급식대의 광택과 벽에 걸려 있는 조리복의 깃과 컨베이어 벨트 스위치의 색, 그런 자잘한 것까지 다 보였다.

"오늘 작업은 완전히 끝난 모양이죠?"

창문에서 눈길을 돌리고 나는 남자 옆에 앉았다.

"네. 방금 전에요."

그가 대답했다.

아련하게 남아 있는 햇살 속에서 주주는 목줄을 질질 끌면서 깡충거리고, 아이는 어떻게든 꼬리를 잡으려고 주주 주위를 맴돌았다. 그들 너머로 해가 바다로 기울고 있었다. 쓸쓸한 요트 항구의 마스트 사이로 갈매기들이 쉴 새 없이 날아갔다.

"죄송하군요. 우리 아이가 주주를 못살게 굴어서."

"무슨 말씀을요. 주주가 저렇게 좋아하는데요."

"언제부터 키우셨나요?"

"10년쯤 됐어요. 인생의 절반을 함께한 셈이죠. 그래서 그런지 추억의 장면 한구석에는 반드시 주주가 앉아 있어요. 사진에 찍혀 있는 날짜 같은 것이죠. 주주의 몸 크기와 목줄 디자인을 생각하면, 자동적으로 시기가 분명해지니까요."

"그렇겠군요."

그는 단순한 디자인의 갈색 가죽 구두코로 발치에 있는 작은 돌을 걸어찼다.

그리고 우리는 잠시 개에 대해서 이야기했다. 어느 산속 깊은 곳에 있는 온천에서 개 동물원을 발견한 이야기, 이웃에 살았던 몰티즈가 상상 임신을 한 이야기. 그는 내게 많은 질문을 했고, 감탄스럽다는 듯 고개를 끄덕였고, 때로는 미소를 지었다.

"해 질 녘의 급식실을 보면 저는 항상 비 내리는 수영장이 떠올라요."

개에 대한 이야기가 마무리되고 잠시 침묵이 있은 후 그가 그런 말을 꺼냈을 때, 나는 말뜻을 얼른 이해할 수가 없었다. 그것은 현대시의 한 줄 같기도 하고, 그리운 옛 동요의 한 소절처럼 들리기도 했다.

"비 내리는, 수영장, 이요?"

나는 한 마디 한 마디를 곱씹으면서 그의 말을 되풀이했다.

"네. 비 내리는 수영장. 비 내리는 수영장에 들어가본 적이 있으신가요?"

"글쎄요…… 있는 것 같기도 하고 없는 것 같기도 하고, 그러네요."

"전 비 내리는 수영장을 생각하면, 정말 기분이 묘해집니다."

구름이 뽀얀 장밋빛으로 하늘을 물들여갔다. 바다에서 흘러온 해거름이 우리 사이를 떠돌았다. 그의 옆얼굴이 바로 내 옆에 있었다. 눈길로 그 윤곽을 더듬고 있자니, 그의 숨결과 고동 소리와 체온까지 느껴졌다. 그는 잔기침을 하고 집게손가락으로 관자놀이 언저리를 만지작거리면서 얘기를 계속했다.

"전 수영을 못해서, 초등학교 시절에는 체육 시간이 몹시 고통스러웠습니다. 어른이 되기 위한 시련을 초등학교 시절에 다 겪었다고 해도 과언이 아니죠. 우선은 공포. 그냥 아무것도 아닌 물이 수영장이란 용기에 담기는 순간, 엄청난 위력으로 몸을 덮치고 가슴을 짓누르는 그런 공포죠. 그리고 치욕. 수영을 못하는 아이는 빨간 특제 수영모를 써야 했습니다. 하얀 바탕에 검은 선이 그려진 보통 수영모 가운데에서 빨간 수영모가 둥실 떠다닙니다. 수영을 못하니까, 불안정하게 흔들거리죠. 저는 수영을 하는 것처럼 보이도록 최대한 노력했어요. 아무도 제게 신경을 쓰지 않기를 바랐죠. 그런 한결같은 노력도 제가 수영장에서 배운 것 중에 하나죠."

그는 깊게 숨을 들이쉬고서 눈을 감았다. 신나게 논 후에 주주는 배를 깔고 엎드려 앞발 위에 턱을 올려놓았고, 아이는 소파에 기대듯 주주의 목을 껴안았다.

"그리고 비가 내리면 수영장의 풍경이 정말 살벌해지죠. 수영장 가장자리에 떨어진 빗방울은 마를 새가 없어 칙칙한 얼룩으로 남아 있어요. 그리고 수영장 표면은 빗방울이 만들어내는 무수한 무늬 때문에 작은 물고기들이 모이를 달라고 아우성치는 것처럼 보이고 말이죠. 저는 그런 물속으로 천천히 몸을 가라앉힙니다. 제 주위에 있던 반 친구들은 쑥쑥 앞으로 나아가는데 말이죠. 제 가냘픈 어깨와 등으로 튀는 물방울과 빗방울이 뒤섞여 떨어집니다. 어렸을 때, 전 정말 몸이 약했어요. 옷을 벗겨놓으면 늑골과 쇄골은 물론 엉치뼈와 대퇴골도 드러나 보일 정도였죠. 엉덩이에 걸친 수영 팬티는 헐렁헐렁하고, 여름이라도 비가 내리면 춥잖아요. 쉬는 시간이면 세안용 수도 뒤에서 바들바들 떨었습니다. 몸속의 뼈란 뼈가 다 타닥타닥 부딪치는 것 같았죠. 체육 시간이 끝나서 수영모를 벗으면 늘 머리칼이 붉게 물들어 있었습니다."

잠시 말을 끊은 후 그는 종이 상자에 남아 있는 테이프 끝을 직직 뜯어내면서 다시 입을 열었다.

"이런 얘기, 당신에게야 아무 재미도 없겠지만 말이에요."

"아니에요."

나는 솔직하게 대답했다.

"아직 비 내리는 수영장이 해 질 녘의 급식실로 이어지지 않았잖아요. 끝까지 책임을 지셔야죠."

우리는 얼굴을 마주하고 살짝 소리 내어 웃었다. 토끼장에서 토끼 한 마리가 양배추를 아작거리면서 우리 쪽을 보고 있었다.

"수영을 못한다고 왕따를 당한 것은 아니었어요. 그런 기억은 전혀 없습니다. 그러니까 저 자신의 문제였죠. 누구든 집단에 적응하기 위해서 한번은 통과의례 같은 것을 경험할 테지만, 저는 그게 무척 힘이 들고 시간이 걸렸던 셈이죠. 아마, 그런 걸 겁니다."

"알 것 같아요."

나는 그의 옆얼굴에서 시선을 떼지 않고 말했다. 저녁 해가 부드럽게 그를 감싸고 있었다.

"그리고 해 질 녘의 급식실을 보면 반드시 그 시절의, 통과의례에 힘이 들고 시간이 걸렸던 그 시절의 아팠던 가슴이 떠오릅니다. 아 참, 이거야, 설명이 안 되는군요."

그는 고개를 숙이고 또 잔돌을 걷어찼다.

급식실 유리창에 서서히 그늘이 지기 시작했다. 컨베이어 벨트는 침묵하고 있는 띠처럼 정지한 채 아무 소리도 내지 않았다. 샤워기 꼭지도, 구석에 쌓여 있는 바구니도, 선반에 나란히 진열돼 있는 냄비도 물기 하나 없이 바짝 말라 있었다. 복작복작한 급식을 연상시키는 잔반 부스러기 하나 떨어져 있지 않았다.

그 썰렁하도록 고요한 급식실을 쳐다보면서 나는 탈의실 양철 지붕에 떨어지는 빗소리와, 수영장 바닥에 죽은 물고기처럼 떠다니는 가느다란 다리와 붉게 물든 머리칼을 타월로 감싸고 남몰래 떨고 있는 소년을 상상했다. 그런 그림들이 급식실 유리창으로 한없이 떠올랐다.

"그때 또 한 가지 중요한 현상이 나타났습니다. 먹을 수가 없었던 것이죠."

그가 말했다.

"어머나, 왜요?"

"아마 제가 안고 있던 그런 콤플렉스와 소심한 성격, 그리고 가족 문제, 아무튼 여러 가지 원인이 복합적으로 얽혀 나타난 결과였을 겁니다. 하지만 직접적인 원인은 급식실이었죠."

"이제야 급식실로 이어지는군요."

"그래요. 점심시간 전의 급식실을 본 적이 있었죠. 왜 그런 시간에, 수업은 어쩌고 거기 있었는지는 전혀 기억나지 않지만, 아무튼 급식 준비로 정신이 없는 급식실 뒷문에 서 있었습니다. 그 전까지는 급식실에 관심조차 없었는데……"

나는 얘기가 어떻게 옮겨갈지 짐작이 되지 않아 그저 가만히 듣고만 있었다.

"25년 전 일이니까, 급식실도 지금하고는 전혀 달랐습니다. 낡은 목조 건물에, 어둡고 좁고. 짐승 우리나 다름없었죠. 지금도 그건 또렷하게 기억하고 있습니다. 메뉴는 크림 스튜와 감자 샐러드였죠. 제가 가장 충격을 받은 것은, 냄새였습니다. 지금까지 한 번도 맡아본 적이 없을 정도로 지독한 냄새였죠. 숨이 막힐 것 같았습니다. 물론 맡고 싶지 않은 냄새는 그 밖에도 얼마든지 있었죠. 그런 냄새와 결정적으로 다른 것은, 급식실에서 나는 냄새가 제가 곧 먹게 될 음식과 연관돼 있다는 불쾌함이었습니다. 대량의 크림 스튜와 감자 샐러드에서 나는 냄새가 급식실 안에서 뒤섞이고 발효되어, 그 성격이 변질돼가고 있었던 겁니다."

나는 종이 상자 위에서 자세를 고쳐 앉았다. 주주가 세모난 귀를 쫑긋거렸다. 아이는 주주를 꼭 껴안은 채 정말 잠이 든 것처럼 꼼짝 않고 있었다.

"그리고 그곳에서 펼쳐지는 광경은 아주 생생하고 구체적이면서도 제 상상력을 훌쩍 뛰어넘는 것이었기에 도리어 환상적이었죠. 급식실 아줌마들은 하나같이 뚱뚱해서, 고무장갑과 장화 위로 살이 울룩불룩 튀어나와 있었습니다. 수영장에 몸을 담그면 그냥 둥실 떠오를 체형이었죠. 그런 아줌마 한 명이 삽으로 스튜를 휘젓고 있었어요. 도로 공사를 할 때 사용하는, 그 금속제 삽 말입니다. 얼굴이 시뻘겋게 달아오른 뚱뚱한 아줌마가 연못처럼 커다란 솥 가장자리에 한쪽 다리를 걸치고 삽질을 하고 있었어요. 희뿌연 스튜 속에서 녹슨 삽과 싸구려 고깃덩어리와 양파와 홍당무가 언뜻언뜻 보였습니다. 옆에 있는 솥에는 샐러드가 있었어요. 다른 아줌마가 솥 안에 들어가 감자를 짓밟고 있었습니다. 검정색 고무장화를 신고 말이죠. 그녀가 발을 들어 올렸다가 내릴 때마다 짓뭉개진 감자에 장화 자국이 생겼습니다. 그 자국이 수도 없이 겹쳐지고 또 겹쳐지면서 복잡한 모양이 생겨났지요."

그는 기침을 한 번 하고서 말을 이었다.

"저는 눈도 깜박거리지 못하고 그저 서 있었습니다. 그때의 기분을 설명하고 싶은데, 뭐라고 표현이 안 되는군요. 무서웠다, 싫었다, 그런 단순한 말로 설명할 수 있는 장면이었다면 벌써 옛날에 잊어버렸을 겁니다. 감정이 끓어오르기도 전에 뜨뜻미지근한 김의 아른거림과 삽 끝에서 떨어지는 스튜 방울과 짓뭉개진 감자에 찍힌 장화 자국, 그런 불가사의한 광경들이 제 가슴을 짓눌렀죠."

"그 후인가요? 먹을 수 없게 된 게."

나는 얘기의 핵심을 파악하듯 천천히 물었다. 그는 고개를 끄덕였다.

"알루미늄 그릇 소리만 들려도, 급식 당번이 복도 저쪽에서 뛰어오기만 해도 그 풍경이 하나하나 되살아났죠. 정말 견딜 수 없었어요. 그래서 제게는 급식이 수영장과 똑같은 의미를 지니게 된 것이죠. 아무리 손발을 버둥거려도 몸이 가라앉는 것처럼, 급식을 숟가락으로 떠서 입에 대려고 하면 뚱뚱한 아줌마와 삽과 고무장화가 가로막았습니다. 어느 날 아침에는 저도 어쩔 수가 없어서 책가방을 멘 채로 학교에는 가지 않고 온 동네를 싸돌아다녔어요. 체육 수업이 있는 날이어서 마침 좋았죠. 수영 팬티와 빨간 수영모가 들어 있는 비닐 가방을 무릎으로 차면서 걸었습니다. 저는 꽤 오랜 시간을 혼자 돌아다닌 줄 알았는데, 실제로는 두 시간 정도였어요. 그때쯤 할아버지가 저를 찾아내셨으니까요."

"그럼 급식 시간 전에 학교로 갔겠네요."

"아니요, 그렇지는 않았습니다. 할아버지는 전혀 화를 내지 않으셨어요. 학교에 데리고 가려고도 하지 않으셨고요. 할아버지는 옛날에는 솜씨 좋은 양복장이셨는데, 일을 그만둔 뒤로는 술만 마셨다 하면 말썽을 부리셔서 가족들이 영 싫어했어요. 싸우지를 않나 길거리에서 잠이 들질 않나 도로 표지판을 부수지를 않나. 그러니까 그날도 저를 찾아 나선 것이 아니라, 그저 아침부터 술을 마시고 어슬렁거리고 계셨던 겁니다. '이런 데서 만나다니, 이거 신기하구나. 잘됐다. 오늘은 네게 비밀 장소를 알려주마.' 그렇게 말하면서 제 손을 잡고 꽤 멀리까지 데리고 가셨습니다.

저는 할아버지의 술내 나는 입 냄새와 술에 절어 기름종이처럼 가슬가슬한 손을 싫어했죠. 그런데도 그때는 할아버지 손을 꼭 잡고 딱 달라붙어서 따라갔어요. 할아버지는 다른 손에 캔 맥주를 들고 마시면서 걸으셨습니다.

동네 어귀에 낡은 창고들이 줄지어 있는데, 거길 가니 녹슨 철근이 비죽비죽 드러난 폐허가 보였습니다. 할아버지가 저기, 하면서 캔 맥주를 쥔 손으로 그쪽을 가리키셨죠. 망한 공장인가 싶었습니다. 벽이며 문, 천장 철판이 온통 일그러져 있는데, 안으로 들어가니까 똑바로 지나가는 바람의 흐름을 느낄 수 있었어요. 올려다보자 군데군데 가위로 오려낸 듯한 하늘이 보이더군요.

바닥에는 시뻘건 녹과 먼지가 3센티미터 정도는 쌓여 있었습니다. 발을 조금만 움직여도 빠직빠직 소리가 났어요. 그리고 온갖 잡동사니가 널려 있었죠. 육각형과 사각형 너트, 태엽, 건전지, 레모네이드 빈 병, 인형, 오카리나, 온도계……
온갖 것이 바닥에 널브러진 채 잠에 빠져 있었습니다.

그리고 아주 튼튼해 보이는 기계가 몇 대 있었죠. 그것들도
녹과 먼지를 뒤집어쓰고 있기는 마찬가지였습니다. 안전은
모든 것에 우선한다, 청결 제일, 이라는 간판도 나뒹굴고 있
었죠. 여기 앉으라고 하더니 할아버지가 스위치와 레버가 줄
지은 기계의 받침대에 저를 앉히셨습니다. 대형 인쇄기처럼
생긴 그 기계는 어떻게 보면 구식 탈수기 같기도 했는데, 아
무튼 작동하지 않는 고철 덩어리였습니다. 저는 그 레버 하나
에 비닐 가방을 걸었죠.

할아버지는 맥주가 얼마 안 남은 듯하자 구멍을 들여다보
면서, 마시는 속도를 늦추셨습니다.

'옛날에 여기서 뭘 만들었는지 아느냐?'

할아버지가 중얼거리실 때마다 입술에 묻은 거품이 튀었어
요. 저는 학교에 가지 않은 이유를 묻지 않아 그나마 다행이
라고 생각하면서 힘차게 고개를 저었지요.

'초콜릿이다.'

할아버지가 자랑스럽게 말씀하셨죠.

'네, 초콜릿이요?'

'그래. 저 구석에 있는 기계 구멍에 카카오 콩하고 우유, 설탕을 쏟아붓고 빙글빙글 돌리면 액상 초콜릿이 돼. 그다음 기계에 도착할 때쯤이면 조금 식어서 갈색 물엿처럼 됐다가, 마지막으로 여기 있는 롤러를 빠져나오면 넓적한 초콜릿으로 변신하는 거지.'

할아버지는 제가 앉아 있는 받침대를 발로 툭툭 차셨습니다.

'그게 얼마나 큰지. 너비가 2미터 정도 되는데, 롤러가 움직이는 한 그 길이는 끝이 없단다. 그게 전부 초콜릿이야.'

'정말요?'

그런 동화 속에나 나올 것 같은 초콜릿에 저는 가슴이 막 두근거렸어요.

'그래, 거짓말 같으면 네가 직접 냄새를 맡아보렴.'

저는 받침대 위에 서서 롤러에 코를 갖다 댔죠. 정말 냄새를 맡는 것처럼 눈까지 지그시 감고 말입니다. 두 손을 롤러 위에 얹어놓고 가만히 있자니, 제가 뭔가 거대한 것에 감싸여 있는 듯한 푸근함이 느껴졌습니다. 하늘 너머에서는 매미가 울고 있고 말이죠.

처음에는 그냥 철판 냄새밖에 나지 않았어요. 물기 없는 칙칙한 냄새. 그래도 눈을 감고 가만히 있었더니, 어딘가 먼 데서 달콤하고 부드러운 냄새가 꿈처럼 풍기더라고요.

'어떠냐?'

할아버지가 물었어요.

'응. 정말.'

저는 한참을 그 가슬가슬한 롤러에 기대어 있었습니다.

'초콜릿이 먹고 싶어지면 언제든 여길 오면 될 거다. 이 롤러는 네가 냄새 좀 맡는다고 해서 어떻게 되지 않을 만큼 엄청난 양의 초콜릿을 만들었으니까.'

할아버지가 드디어 남은 맥주를 탈탈 털어 마시고 빈 캔을 바닥에 던지셨죠. 데구루루 구르는 허망한 소리가 나고, 그것은 몇 년 전부터 거기에 있었던 것처럼 아주 자연스럽게 잡동사니에 섞였습니다. 저는 이제 할아버지에게 더 이상 술을 살 돈이 없다는 것을 알았어요. 과음하시지 못하게 할아버지에게 용돈을 조금씩밖에 드리지 않았거든요. 저는 책가방에서 오늘 선생님에게 건네야 할 수학여행 적립금이 든 봉투를 꺼냈습니다.

'이걸로 술 사요.'

저는 받침대 위에서 봉투를 내밀었죠. 할아버지는 불그죽

죽한 눈가를 찡그리면서 기쁘다는 듯, '고맙다'라고 하시더군요."

길었던 그의 얘기가 끝났을 때, 해거름이 우리 사이에 옅은 어둠을 몰고 왔다. 그의 옆얼굴 윤곽이 그 어둠 속으로 빨려 들려 하고 있었다. 주주에게 기대어 있는 아이는 마치 그림자처럼 움직이지 않았다.

그에게 뭐라고 말하고 싶은 심정에 가슴이 막힐 정도였다. 이대로 아무 말 않고 있으면 그의 옆얼굴이 사라져버릴 것만 같은 기분이 들었다.

"이제 얘기가 다 끝난 건가요?"

나는 단어 하나하나를 꼭 껴안듯이 말했다.

"네, 끝났습니다."

그의 앞머리가 희미하게 흔들렸다.

"그럼, 그 후에는 급식과 체육 시간에 어땠나요?"

"그거야 아주 간단하게 설명할 수 있습니다. 그 후에 저는 사소한 계기로 수영을 할 수 있게 되었죠. 그리고 할아버지는 악성종양으로 돌아가셨고. 그게 다입니다."

우리는 잠자코 저녁 어둠을 바라본 후 자리에서 일어섰다. 그 순간 조용히 몸을 움츠리고 있던 시간이 갑자기 되살아나고. 바람이 한 줄기 지나갔다.

"그만 가자."

그가 말하자 아이는 눈을 반짝 뜨고, 마치 꿈의 연장을 보 듯 몇 번인가 눈을 깜박거렸다. 주주가 꼬리 끝으로 아이의 볼을 쓰다듬었다.

"언제 또 여기서 만날 수 있을까요?"

나는 주주의 목줄을 쥐었다.

"내일부터 다른 지역을 담당하게 되었습니다. 산기슭에 있 는 더 큰 동네죠."

그는 뛰어온 아이와 손을 잡았다.

"이 급식실과도 이제 이별이군요."

유리창 너머에서 급식실은 늪으로 가라앉듯 서서히 어둠 속으로 그 모습을 감춰가고 있었다.

"새로 가는 동네에도 멋진 급식실이 있으면 좋겠네요."

그는 고개를 끄덕이는 대신 미소를 지으며 안녕이라고 말 했다.

아이는 주주에게 손을 흔들었다. 모자에 달린 털 방울이 덩 달아 흔들렸다.

"안녕히 가세요."

나도 손을 흔들었다.

그들은 희미하게 남아 있는 빛 속으로 걸어갔다. 멀리 한 점으로 작아져 보이지 않을 때까지 나와 주주는 그들의 뒷모습을 바라보았다. 그때 갑자기 나는 잘 자라는 한마디뿐이었던 전보가 다시 읽고 싶어졌다. 그리고 자연스레 그 전보 종이의 감촉과 글자의 모양과 밤의 공기가 떠올랐다. 글자 두 개가 흐물흐물 녹아 없어지도록 읽고 싶었다. 나는 주주의 목줄을 고쳐 잡고 그들이 사라진 방향과는 반대 방향으로 뛰기 시작했다. 손바닥 안에서 목줄이 한없이 차가웠다.

양파와 고양이

어제, 오랜만에(석 달 정도) 싱크대 밑 수납장을 열어봤더니 죽은 고양이가 들어 있었다. 소스라치게 놀라 어떻게 하면 좋을지 몰랐다. 그런데 어떻게 이런 곳에서 고양이가 죽어 있는 것일까. 나도 모르는 새 도둑고양이가 숨어들어 왔다가 질식해 죽었거나 먹지 못해 죽은 것일까. 그런 생각을 하면서 자세히 살펴보자, 그것은 고양이의 시체가 아니라 썩은 양파였다. 썩어 물컹물컹해진 양파가 고양이 머리처럼 보였던 것이다.

양파는 내가 끼니마다 음식을 만들고, 때로 쓸고 닦기도 하는 부엌의 후미진 곳에서 소리 없이 썩어가고 있었다. 그리 넓은 집은 아니지만, 내 성품이 야무지지 못하니 눈에 보이지 않는 어딘가에서 비슷한 일이 벌어지고 있을지도 모르겠다. 신발장 속에서 곰팡이 낀 구두가 죽은 쥐로 둔갑했을지도 모르고, 10년은 쓰지 않은 매니큐어가 흘러나와 화장대 서랍을 진득한 피로 물들였을지도 모른다.

여전히 밖에 나다니기를 싫어해서, 취재를 위해 여행을 떠나거나 자료를 찾기 위해 도서관을 찾는 일도 없이 집에만 틀어박혀 있다. 쓸거리가 없어져도 밖으로 나갈 기운은 없다. 어쩔 수 없이 집 안을 어슬렁거린다. 어딘가에 보이는 듯하면서도 실은 보이지 않는 장소가 숨어 있지는 않을까 하고 이것저것 뒤져댄다. 이 책에 등장하는 그레이프프루트 잼, 기숙사 천장 위의 벌집, 급식실의 새우튀김도 다 그렇게 찾아낸 것이다.

그래서 "「임신 캘린더」는 자신의 경험을 쓴 작품인가?"라는 질문을 받을 때마다 실망한다. 나의 임신 체험 따위는 슈퍼마켓에서 사 온 신선한 양파처럼 아무 얘깃거리도 갖고 있지 않다. 나는 그 양파가 싱크대 밑 수납장에서 아무도 모르게 고양이 시체로 변화하는 과정에 소설의 진실이 존재한다고 생각한다.

1993년 구라시키에서

오가와 요코

순순함의 향방

며칠 전, 자살 매뉴얼을 다룬 책을 읽었다. 추상적인 논의는 일체 없고 오로지 죽기 위한 방법과 그 효율만 무수하게 열거돼 있었다. 동맥은 손목 피부에서 몇 밀리미터 밑에 있고 그 바로 위에는 힘줄이 있다는 등의 자세한 묘사를 접하고는 그 단순한 사실에 속이 울렁거리기까지 했다. 그런데 문득 내 주위를 돌아보고 죽음에 쓰일 수 있는 도구가 상당히 많다는 것을 알자 마음이 편안해지니 참 신기한 일이다. 저걸 마시면 죽겠지, 이 코드를 가슴에 대기만 해도 충분해, 하고 말이다.

이 책은 초판 발행 후 두 달 사이에 6쇄까지 나왔다고 한다.

애독자의 수가 상당하다는 뜻이다. 두서없이 이런 얘기를 하는 까닭은 죽겠다는 굳은 결심도 없이 이런 유의 책을 읽는 행위와 오가와 요코의 「임신 캘린더」에 묘사돼 있는 동생의 행위가 어딘가 모르게 닮았다는 기분이 들기 때문이다.

새로운 가족의 탄생을 둘러싼 따끈따끈한 얘기일 것이라 생각하고 이 책을 펼친 사람들에게는 안된 일이지만, 이 작품에서 탄생은 축제가 아니고 생명 역시 지구보다 무겁지 않다.

작품 속에서 언니는 신경증 환자로 암시된다. 따라서 모든 뒤틀림을 그 탓으로 돌릴 수도 있겠지만, 정신이 건강한 사람조차 생명에 대한 회의는 품는다. 그것이 시대적인 것인지 고대에서부터 줄곧 있었던 것인지는 모른다. 분명한 것은 오늘날 그것이 표면화하고 있다는 점이다.

아이가 생겼다. 아아 기쁘다. 낳고 번식시켜 땅을 풍성하게 하라. 이렇게 소박하게 기뻐하기에는 우리들 생명이 이미 너무도 희박하다. 지금까지, 건전한 사회생활을 위해 생명에 대한 회의는 허용되지 않았다. 살아 있는 것은 좋은 일이요, 자살은 나쁜 일이었다. 소녀가 임신을 하면 비행이지만 기혼자가 임신하면 축하할 일이었다. 실감하지 못한 채 그것이 상식이라고 믿어야 했다. 그리고 우리는 무슨 일에든 순순했다.

순순함은 이 작품에 등장하는 여동생의 기본적인 속성이다. 친절함이라고 바꿔 말해도 좋다. 그녀는 언니의 말도 안 되는 요구를 아주 순순히 따른다. 절대 반항하지 않는다. 요즘 시대에는 이런 대응을 친절함이라고 한다. 언니의 남편 역시 그렇다. 이 여동생과 남편은 항간에 차고 넘치는 젊은 남녀의 전형이라 할 수 있다. 그러나 그 눈길은 어딘가 모르게 방관적이다. 언니의 임신이란 정경을 순순히 받아들이고 바라보고 있다. 거부 반응은 보이지 않지만 그렇다고 설레는 마음으로 기다리는 것도 아니다. 새로운 상황이 전개되면 될 수 있는 한 조용히 보내는 것으로 그 상황에 대처한다. 그러나 애당초 임신이 무엇인지는 알지 못한다. 일반적으로나 개인적으로나.

보통은 축하할 일이라는 것은 알고 있다. 그렇다면 '축하'란 어떤 의미인지, 그녀는 사전까지 들춰보는 성실함을 보인다. 그러나 그런 방법으로 축하의 의미를 알 수 있는 것은 아니다. 언어의 무의미함을 깨달을 뿐이다. 축하의 의미를 모르면 뭐가 축하할 일인지도 알 수 없다.

이 점은 언니도 마찬가지다. 구체적으로 임신이란 현상에 직면해 있는 당사자도 모르고 있다. 그녀에게 임신은 기초 체

198

온표의 변화이며, 식욕을 잃게 하는 요인이고, 초음파를 통해 볼 수 있는 사진이다. 생명의 존엄과 부모가 되는 기쁨, 책임감, 아이의 장래에 대한 희망 등은 현실감을 띠지 않는다.

상식이어야 할 이런 개념 또는 감정의 기초가 이미 그녀들, 아니 우리들 주변에 존재하지 않으니 당연한 일이다. 자신의 목숨이 텔레비전 화면 속에서 죽어가는 많은 전사자나 피해자들보다 소중하다고는 여기지 않는다. 우리는 그럴 정도로 불손하지 않다. 그렇다고 그들을 대신해서 한껏 살아야겠노라 중얼거릴 만큼 위선자도 아니다. 오늘날 인간이란 존재 자체가 지구 환경에는 최대의 악이라는 견해도 있다.

아무튼 우리는 살아 있는 것은 행운이고 죽는 것은 불행이라고 믿고 있지만 경험을 바탕으로 알고 있는 것은 아니다. 믿는 것은 간단하다. 일의 성격보다 그것을 알려준 매체에 의지하면 그만이다. 무엇보다 우리는 순순한 특성을 갖고 있으니, 믿고 따르면 그만인 것이다. 그러나 아는 것은 아니다. 살얼음 같은 신앙을 확인하고자 발을 구르자니 단박에 물에 빠질 것 같다.

자신이 살아 있음에 대한 확고한 신념도 없는데 새로운 생명을 낳자니 사태는 더욱 심각해진다. 자기 보존이나 종족의 보존은 생물의 본능이라고 배웠지만, 우리는 본능적인 행동에서 점차 멀어지고 있다. 본능이 희박해지는 가운데 임신이란 원시적 상황에 갈팡질팡하는 언니에 대한 묘사는 마치 SF적인 정경처럼 느껴진다.

이런 가운데 언니보다 일단은 성실하게 사회생활을 하고 있고, 언니를 보살피는 친절함과 순순함을 갖고 있는 동생이 대량의 농약이 살포되었다는 것을 알면서도 그레이프프루트로 잼을 만드는 것은 악의일까. 그렇다면 악의란 과연 무엇인가.

그녀는 언니가 바라는 것을 순순히 들어줄 뿐이다. 또는 언니에게 고통을 주고 언니를 꼴사납게 만드는 생명에게 언니 대신 가벼운 복수를 하고 있을 뿐이다. 그렇게도 말할 수 있다.

혹은 세상에 순순히 대응하는 우리가 독이라는 것을 알면서도 수입 그레이프프루트를 먹을 수밖에 없고, 자신들의 염색체가 소리 없이 파괴되고 죽어가는 것을 그냥 내버려둘 수밖에 없다는 것을 그녀는 알고 있다고도 말할 수 있다.

아무튼 그것을 단순히 악의라고 할 수는 없다. 작품의 결말에 동생은 태어난 조카를 보기 위해 병원을 찾아간다. 인간은 그렇게 연약한 존재가 아니니 아기도 별 이상 없이 태어났을 것이다. 그러나 그녀가 아기의 염색체를 파괴하려 했다는 기억은 절대 그녀 안에서 사라지지 않을 것이고, 그렇다면 그녀의 눈에 비친 아기는 이미 파괴된 아기이다.

공상이나 꿈속에 등장하는 아기는 자신의 자아라는 꿈 해석에 따르면, 공상 속에서 파괴된 아기는 그녀 자신이라고 할 수 있다. 파괴된 자아를 만나기 위해 걸음을 옮기는 행위와 자살 매뉴얼을 읽으며 남의 일처럼 자신의 시신을 상상하는 행위는 어딘가 닮아 있다. 적어도 나는 그녀가 자신의 뒤틀림을 직시하기 위해 8개월 동안 차근차근 그 준비를 하지 않았나 생각한다. 그것은 즉 순순하고 성실한 소녀가 자신과 세계를 객관적으로 바라봤을 때의 성실성이 아닐까.

오가와 씨는 몸에 집착하는 소설을 종종 쓴다. 있어야 할 곳에 없는 팔, 다리, 손가락, 보통 사람에게는 당연한 윤곽이 그들에게는 공상에 지나지 않는다. 마땅히 살아야 할 현실을 살기 위해 잃어버린 부분을 열심히 공상하지만 그것은 되살이니지 않는다. 그렇다는 것을 알면서도 여전히 부족과 상실을 되새기는 그들은, 과거에는 당연했던 현실이 지금은 그렇지 않아 허공만 바라보는 현대인의 모습과 비슷하다.

솔직히 핏줄이 어디어디에 있다는 얘기만 들어도 현기증이 나는 나로서는, 신체 기관에 대한 오가와 씨의 묘사가 고통스럽다. 하지만 생리적인 감각의 묘사 너머에 있는 것은 장애인에 대한 리포트도 아니고, 그들에게 보내는 연민이나 동정도 아니다. 그것은 현대 사회 전반에 팽배한 '무無'에 기대려는 자세이며 균형을 잃은 정신이다.

오가와 씨는 신체 감각을 실마리로 그런 것을 살피려는 것이 아닐까 하고 나는 생각한다.

우리 둘 다 가이엔신인문학상을 받으며 데뷔한 인연으로, 나는 오가와 씨를 몇 번 만난 일이 있다. 「임신 캘린더」로 아쿠타가와상을 받은 후 얼마 지나 택시를 함께 탄 일이 있다. 그리 친한 것은 아니지만 침묵이 어색했던 나는 "상을 받으면 몹시 바빠지지 않나요?" 하고 물었다. 아쿠타가와상이 내게는 먼 세계의 일이었던 것이다.

너무도 하잘것없는 질문이라 오히려 부끄러워하는 내게 오가와 씨는 "바쁘다고 해서 밥 먹을 틈도 없는 건 아니에요"라며 웃었다. 그 모습은 소탈하고 명랑했고, 작품을 보고 상상했던 이미지와는 많이 달랐다.

애지중지 키우는 어린아이도 있다. 육아에 쫓기는 와중에도 문학에 대해 흔들림 없이 진지한 눈길을 유지하고 있는 데는 후배로서 절로 고개가 숙여진다. 그리고 같은 세대로서도 많은 힘을 얻고 있다.

마쓰무라 에이코(작가)

기다림의 또 다른 끝

「임신 캘린더」는 1988년 『상처 입은 호랑나비』로 가이엔신 인문학상을 받으면서 데뷔한 작가에게 1991년 아쿠타가와상 수상의 영예를 안겨준 작품이다.

이 작품집에는 표제작 「임신 캘린더」를 비롯해 「기숙사」, 「해 질 녘의 급식실과 비 내리는 수영장」까지 총 세 편의 단편이 실려 있다. 이 작품들은 무척이나 지적이며 근원적인 사랑 이야기인 『박사가 사랑한 수식』(우리에게 가장 익숙한 오가와 요코의 작품)과는 또 다른 투명한 감각과 섬뜩한 매력으로 읽는 이를 사로잡는다.

세 작품에 등장하는 여자 주인공은 무언가를 기다리고 있다는 공통점을 갖고 있다.

「임신 캘린더」에서는 출산을, 「기숙사」에서는 스웨덴에서 해외 근무를 하는 남편의 부름을, 「해 질 녘의 급식실과 비 내리는 수영장」에서는 집안의 반대를 무릅쓴 결혼을.

하지만 그녀들에게 가장 절실해야 할 이 기다림은 현실의 저 뒤로 밀려나 있다. 그 자리를 채우는 것은 임신으로 피폐해진 심신과 입덧 후의 폭식, 십몇 년 만에 만나는 사촌 동생과 그 동생이 살게 된 묘한 기숙사와 기숙사의 선생님, 무슨 종교를 전도하러 다니는 부자父子에 대한 집착이다.

태어날 아기를 위해 설레는 가슴으로 아기 옷을 마련하고 아기 방을 꾸미는 엄마의 모습은 여기에 없다. 남편이 보낸 편지를 애틋한 심정으로 읽어 내리며 그가 꼼꼼하게 정리해준 이사하기 전에 할 일을 차근차근 해나가는 아내의 모습도 없다. 결혼 날짜를 앞두고 알콩달콩한 신혼 생활을 꿈꾸면서 하나둘 신접살림을 장만하는 새 신부의 모습도 없다. 그녀들은 자신들이 처해 있는 현실을 마치 남의 일인 것처럼 멀게 느끼고 때로는 외면하기까지 한다.

때가 되면 반드시 찾아올 기다림의 끝. 그 끝에 있는 출산, 멀리 떠난 남편과의 재회, 결혼 등은 어쩌면 여자에게는 인생을 살면서 한 번은 거쳐야 하는 수순인지도 모른다. 하지만 개인 차원에서는 낯설고 두려운 미지의 세계이기도 하다.

기쁨과 설렘과 기대감의 저변에는 이러한 미지에 대한 공포와 두려움이 늘 도사리고 있다. 불 꺼진 기숙사의 천장에서 뚝뚝 떨어지는 미끄덩한 액체를 피라고 단정하는 섬뜩함. 그것은 기다림의 끝이 실체를 드러내기 전까지 어둠 속에서 한없이 비대해지는 공포와 두려움의 상징이다.

나는 흔히 부푼 가슴과 벅찬 설렘으로 얘기되는 출산과 결혼을 앞둔 여자의 이율배반적인 심리를, 그 막연하고 모호하고 미묘한 흔들림을 이토록 정치하게 그려낸 소설을 알지 못한다. 맞닥뜨려야 할 현실, 코앞에 있는 현실 저 너머로 돌려진 여자들의 허망한 눈길과 서늘한 외로움을 이렇듯 환상적인 필치로 그려낸 소설도 알지 못한다.

이 작품집의 진정한 매력은 무엇보다 작품의 마지막 페이지를 덮었을 때의 혼란스러움과 그 혼란스러움으로 우리 가

슴에서 되살아나는 다양한 감정의 미궁에 있지 않을까 생각
한다.

2015년 비를 기다리는 칼칼함 속에서

김난주

임신 캘린더

지은이 오가와 요코
옮긴이 김난주
펴낸이 양숙진

초판 1쇄 펴낸날 2015년 7월 27일

펴낸곳 (주) 현대문학
등록번호 제1-452호
주소 137-905 서울시 서초구 신반포로 321 (잠원동)
전화 02-2017-0280
팩스 02-516-5433
홈페이지 www.hdmh.co.kr

ISBN 978-89-7275-744-3 03830

* 책값은 뒤표지에 있습니다.